Die Jugend verstehen

Ein etwas anderes Wörterbuch

Von
Julius König

Verlag: Independently published (Julius König)

Julius König
Penningskamp 10
44263 Dortmund
julius.koenig98@gmx.de

1. Prolog

Hallo liebe Leserinnen und Leser! Zunächst einmal vielen Dank, dass Sie sich für dieses Buch entschieden haben.

Sie erwarten jetzt höchstwahrscheinlich eine langweilige Einleitung, welche Sie kurz anlesen und daraufhin komplett überspringen. Um diesem Phänomen entgegen zu wirken, habe ich mich dazu entschieden eine etwas andere Einleitung zu verfassen. Ich werde mich in diesem Sinne einfach selbst interviewen, damit Sie einen ersten Eindruck dieses Buches gewinnen und mich ein wenig kennenlernen können. Viel Spaß dabei!

Moderator: Hallo liebe Zuschauer, heute haben wir mal wieder eine Person im Interview, welche Ihnen höchstwahrscheinlich eher unbekannt ist. Es handelt sich um einen jungen Buchautor aus Dortmund, welcher das Buch „Die Jugend verstehen“ geschrieben hat und jetzt bei meiner Kollegin Roswita Reporti im Interview sitzt. Wir schalten nun live nach Dortmund.

Roswita Reporti: Hallo Herr König! Wie geht es Ihnen an diesem schönen, sonnigen Tag?

Julius König: Hallo Frau Reporti! Mir geht es wunderbar und wie sieht es bei Ihnen aus? Nennen Sie mich doch bitte einfach Julius, ich bin ja noch keine 30.

Roswita Reporti: Mir geht es auch gut, danke! Aber klar doch, ich bin übrigens die Roswita. Erst einmal vielen Dank, dass Du heute Zeit gefunden hast für dieses kurze Interview, in welchem wir über Dein neues Buch „Die Jugend verstehen“ reden möchten.

Julius König: Ja sehr gerne! Ich war wirklich überrascht, dass Du mit mir über das Buch sprechen möchtest, da dies ja mein allererstes Werk ist. Zudem bin ich auch kein bekannter Autor, Promi oder Schauspieler.

Roswita Reporti: Das hat mir ein Vögelchen gezwitschert. Es sagte zu mir, dass ich diese Chance nutzen sollte ein Interview mit Dir durchzuführen, bevor andere auf Dich aufmerksam werden.
Wie dem auch sei. Warum hast Du überhaupt angefangen ein Buch über Jugendsprache zu schreiben?

Julius König: Nun das ist eine gute, aber auch eine sehr einfach zu beantwortende Frage. Das Buch entstand aus einer Notwendigkeit heraus.
Immer als ich mich mit meinen Eltern getroffen habe, hatte ich danach das Gefühl, ich sollte mal ein Buch schreiben, welches die älteren Generationen über die Sprache der Jugend informiert. Dabei war mir durchaus bewusst, dass es schon Wörterbücher zum Thema Jugendsprache gibt, diese waren mir aber schlicht und einfach nicht genug! In diesen Büchern gab es kaum Beispiele und Alltagssituationen, wo und wann man gewisse Wörter der Jugend verwendet.
Ich wollte ein Buch schreiben, aus welchem der Inhalt größtenteils im Kopf behalten wird, nachdem man es gelesen hat.

Roswita Reporti: Ja das kenne ich nur zu gut, man schlägt etwas nach oder googelt es und fünf Minuten später hat man es auch schon wieder vergessen.
Wie schaffst Du es, dass dies nach dem Lesen deines Buchs nicht passiert?

Julius König: Oh, das ist eine sehr gute Frage! Ich denke niemand kann zu einhundert Prozent alles behalten, was in

einem Buch geschrieben steht. Das ist allerdings völlig normal.
Jedoch glaube ich, dass man es als Autor schaffen kann, dass wenigstens ein großer Teil im Gehirn hängen bleibt, wenn man die Sache richtig angeht.
Roswita kennst Du den Satz „Früher war alles besser!“?

Roswita Reporti: Aber klar! Meine Oma sagt diesen Satz ab und zu.

Julius König: Weißt Du auch warum Sie das sagt? Nun, das kann man ganz einfach erklären. Unser Gehirn ist so aufgebaut, dass es häufig nur die schönen Ereignisse der Vergangenheit abspeichert, die Schlechten werden meist eher verdrängt.
Genau das versuche ich in meinem Buch! Ich habe mich darauf konzentriert sehr viel mit Humor zu arbeiten und die Leute zum Nachdenken anzuregen. Außerdem gebe ich zu fast jedem Jugendwort Beispielsituationen, in die sich die Leserin oder der Leser hineinversetzen kann.
Und genau das hat mir bei herkömmlichen Wörterbüchern gefehlt! Die schönen Geschichten und Anwendungssituationen der aufgeführten Wörter.

Roswita Reporti: Stimmt, aus dieser Perspektive habe ich den Satz meiner Oma noch gar nicht betrachtet.
Mein Lieblingskapitel Deines Buchs war übrigens das Wort „Hausparty“. Nach dem Lesen dieses Kapitels stellt sich mir jedoch die Frage, woher Du die Informationen und Tipps zum Verfassen dieser Passage genommen hast.

Julius König: Im Allgemeinen beruht mein Buch auf Erfahrungen, welche ich in meinem bisherigen Leben sammeln konnte. Viele werden sich jetzt vielleicht fragen, wie kann ein Zweiundzwanzigjähriger über Erfahrung sprechen? Ich hingegen denke, dass ich genau aus diesem Grund sehr viel über die Sprache der Jugend und deren Aktivitäten erzählen kann, einfach weil ich es tagtäglich erlebe. Ich spreche ja auch mit meinen Freunden und Bekannten aus meiner Altersklasse in diesem jugendlichen Dialekt, so will ich es mal nennen.

Roswita Reporti: Ist ja klar, dass Du dich mit dem Thema auskennst. Du benutzt die Jugendsprache tagtäglich und befindest Dich in dieser Gruppe unserer Gesellschaft. Kommen wir aber nun zur letzten Frage unseres kleinen Interviews. Für wen hast Du dieses Buch geschrieben?

Julius König: Nun, wie oben schon gesagt, ist es eher ein Buch für die älteren Generationen. Ich empfehle also Personen, die nicht mehr den jüngeren Altersklassen angehören, dieses Buch zu lesen, um uns Jugendliche besser zu verstehen.
Liebe Grüße an dieser Stelle auch an meine Eltern, welche mir häufig nicht folgen können, wenn ich mal wieder im Jugend-Slang spreche.

Roswita Reporti: Ja das kenne ich nur zu gut von meinen damaligen Gesprächen mit meinen Eltern.

Julius König: Absolut! Vor allem, wenn man zuvor viel Zeit mit seinen gleichaltrigen Freunden verbracht hat. Das Wechseln zum „normalen" Sprachgebrauch ist dann teilweise eine ganz schöne Umgewöhnung.

Roswita Reporti: Ich muss zugeben, dass ist bei mir schon ein paar Jahre her. Erinnern kann ich mich aber an etliche solcher Situationen, die Du gerade beschrieben hast.
Ich habe soeben den Hinweis bekommen, dass unsere Sendezeit nahezu verbraucht ist. Julius, möchtest du unseren Zuschauern noch abschließend etwas mit auf den Weg geben?

Julius König: Sehr gerne! Ich würde gerne noch ein paar Worte darüber verlieren, in welcher Situation die Jugendsprache auf keinen Fall benutzt werden sollte.

Roswita Reporti: Na dann schieß mal los!

Julius König: Also meiner Meinung nach sollte die Jugendsprache niemals im Berufsleben angewendet werden. So verlockend es auch ist, es ist zutiefst unprofessionell und lässt einen häufig nicht gerade gebildet wirken. Was also in der Freizeit normal ist, hat auf der Arbeit absolut nichts verloren.

Roswita Reporti: Stimmt, über diesen Aspekt habe ich bisher noch gar nicht nachgedacht. Ein sehr wichtiger Hinweis, welcher sich perfekt als Abschluss unseres Interviews eignet. In diesem Sinne bedanke ich mich für das nette Gespräch und ich hoffe die Fragen waren nicht allzu gemein.

Julius König: Immer wieder gerne, es hat mir sehr gefallen! Nein, nein! Die Fragen waren alle gut ausgewählt und ich hoffe, ich konnte sie dementsprechend beantworten. Ich wünsche noch einen schönen Tag und allen Besitzern meines Buchs ganz viel Spaß beim Lesen!

Roswita Reporti: Danke wünsche ich Dir auch! Und jetzt zurück ins Studio.

Moderator: Danke Roswita für dieses tolle Interview! Liebe Zuschauer, ich hoffe Sie haben einen kurzen Eindruck von unserem Gast Julius König erhalten. Das Buch „Die Jugend verstehen“ ist ab heute auf Amazon verfügbar. Kommen wir nun zu den Nachrichten.

Inhaltsverzeichnis

2. Was reden die da?

Nach dem Interview mit der netten Dame „Roswita Reporti", kommen wir nun zum spannenden Teil dieses Buches.

Auf den nächsten Seiten werde ich versuchen, Ihnen die Sprachwelt der Jugend ein wenig näher zu bringen. Genau genommen erwarten Sie 64 Begriffe oder Floskeln aus der heutigen Jugendsprache.

Also kommen Sie mit auf eine wunderbare Reise und lassen Sie sich ein wenig berieseln! Ich wünsche Ihnen viel Spaß dabei!

Alman

Der Begriff „Alman“ kommt, wie auch ein Paar andere Begriffe aus diesem Buch, aus der türkischen Sprache. Früher als das Wort „Alman“ noch nicht so populär im deutschsprachigen Raum war, wurde stattdessen oft „Kartoffel“ oder „Kraut“ verwendet. Na, kommen Sie schon drauf?

Ich gebe Ihnen einen Tipp: Vor sehr vielen Jahren haben uns englischsprachige Personen so genannt und „Alman“ hat dieselbe Bedeutung wie die Wörter, die früher verwendet wurden.

Wahrscheinlich sind Sie, ja genau Sie, die dieses Buch gerade lesen, ein klassischer „Alman“. Keine Sorge, auch Frauen können ein „Alman“ sein, dieses Wort klingt einfach nur sehr männlich.

Ich werde sie nun endgültig aufklären, wenn Sie sich die Bedeutung immer noch nicht zusammenreimen konnten. Unter einem „Alman“ versteht man jemanden, der ein Deutscher ist, wie er im Buche steht. Also so gut wie alle Klischees bedient, wie zum Beispiel Socken in Sandalen zu tragen oder Bier und Schnitzel zu verzehren.

In Gesprächen wird die Bezeichnung in diesem Kontext meistens aber nicht oft verwendet. Häufig wird einfach nur jemand „Alman“ genannt, der keinen Migrationshintergrund hat. Ich bin zum Beispiel ein „Alman“, da ich keinen Migrationshintergrund habe und einen sehr deutschen Nachnamen besitze. Sind Sie ebenfalls ein „Alman“ oder haben Sie Eigenschaften eines „Almans“?

Am Start sein

Lassen Sie mich raten! Sie denken an Sport, vielleicht an ein Sprintrennen oder sogar an die Formel 1? Ganz kalt! Das ist hier leider nicht gemeint, aber ich habe es mir ja zur Aufgabe gemacht Sie über die aktuelle Jugendsprache zu informieren.

Natürlich ist es richtig zu sagen, dass Sie am Start sind, wenn Sie sich an der Startlinie eines Rennens befinden. Jedoch wird in der Jugendsprache bei Anwendung dieser Aussage die Anwesenheit eines Menschen an einer Aktivität beschrieben. Sollten Ihre Freunde Sie fragen, ob Sie zum Beispiel heute Abend mit ins Kino gehen möchten, könnten Sie folgendermaßen Antworten, wenn Sie positiv gestimmt sind ein Kino zu besuchen: „Ja klar, ich bin heute Abend am Start!". Damit bestätigen Sie Ihre Anwesenheit bei der geplanten Aktivität. Die Frage Ihrer Freunde könnte so formuliert worden sein: „Bist du heute Abend bei Kino am Start?". Ein Synonym für „am Start sein" könnte also „dabei sein" lauten.

Sollten Sie sich andererseits bei einem Rennen am Start befinden, wünsche ich Ihnen viel Erfolg.

Auf meinen Nacken

Auch bei dieser Aussage handelt es sich mal wieder um einen Satz oder ein Wort, welches nicht neu erfunden wurde. Lediglich der Kontext, in welchem dieser Satz zum Einsatz kommt, ist ein wenig anders.

Klar Menschen, welche nicht der Gruppe von Jugendlichen angehören, würden diesen Satz wohl – wenn überhaupt – bei einer Massagestunde aussprechen. Beispielsweise: „Ich habe schon länger Nackenprobleme, könnten Sie sich vielleicht etwas mehr auf meinen Nacken konzentrieren?“. Natürlich meinen Jugendliche mit dieser Aussage etwas ganz anderes.

Es bedeutet nichts anderes, als eine Rechnung für jemand anderen zu übernehmen. Wenn Sie also das nächste Mal jemandem etwas ausgeben, könnten Sie sagen: „Das Essen geht heute auf meinen Nacken!“. Sollte Ihr Gegenüber ein Jugendlicher sein, wird er vermutlich antworten: „Du Ehrenmann/Ehrenfrau, ich küsse dein Auge!“. Keine Sorge die Bedeutung der zwei Begriffe aus dem Antwortsatz, werde ich ihnen in diesem Buch noch näher erläutern. Also bleiben Sie am Ball!

Auge machen

Häufig verwendete Sätze zum Thema „Auge machen“ sind zum Beispiel: „Mach kein Auge!“ oder „Pass auf, er macht Auge!“. Sie fragen sich jetzt bestimmt was dies bedeuten könnte. Geht es hier um jemanden der Glasaugen herstellt oder an einer Hightech-Kamera arbeitet? Natürlich nicht! Es geht um eine gewisse Eigenschaft, die jeder Mensch kennt.

Stellen Sie sich vor, Ihr Nachbar verdient gutes Geld und kauft sich einen neuen Porsche 911 Cabrio. Es gibt viele Szenarien, wie Sie auf die neue Situation reagieren könnten. Das erste Szenario könnte sein, dass es Ihnen ziemlich egal ist, was Ihr Nachbar tut und lässt. Somit interessiert Sie auch nicht der Kauf seines neuen Porsches. Eine weitere Möglichkeit wäre, dass Sie Ihrem Nachbarn gratulieren und Ihn fragen, wie er es geschafft hat, sich so ein tolles Auto leisten zu können. Es wird also ein positives Gefühl mit dem Autokauf Ihres Nachbarn verbunden. Sie gönnen es Ihm.

Das letzte Szenario, welches ich Ihnen beschreibe hat mit dem Begriff „Auge machen“ zu tun. Hier haben Sie ein stark negatives Gefühl, wenn Sie an den Porsche des Nachbarn denken. Innerlich denken Sie vielleicht so etwas wie: „Was ist das denn für eine Proletenkarre?“ oder „Der ist doch sowieso geleast und nicht bezahlt.“. Dieses Verhalten nennt man „Auge machen“. Sie gönnen Ihrem Nachbarn das Auto nicht und sind neidisch. Sie machen demnach Auge auf sein Auto.

„Auge machen“ bedeutet also im Allgemeinen so viel wie neidisch auf etwas sein. Ihr Nachbar könnte, wenn er wüsste, dass Sie neidisch auf sein Auto wären, sagen: „Mach kein Auge auf mein Auto!“.

Wenn Sie Auge machen, zeigt dies, dass Sie das, worauf sie „Auge machen“, auch gerne hätten.

Belastend

Höchstwahrscheinlich denken Sie gerade an etwas Schweres, vielleicht an einen Lkw, ein Flugzeug oder an ein für den Urlaub vollgepacktes Auto. Klar, wenn etwas vollgeladen ist, dann ist es für das Transportmittel durchaus belastend. Diese Bezeichnung ist in der Jugendsprache aber nicht gemeint.

Bevor das Wort verwendet wird, muss zuvor erst einmal etwas Schlechtes passiert sein. Es ist also eine Reaktion und Beschreibung auf ein vorangegangenes Ereignis.

Nehmen wir mal an, eine gute Freundin oder ein guter Freund hat vor zwei Wochen eine wichtige Klausur in der Universität geschrieben. Heute treffen Sie diese Person zufällig in der Cafeteria der Uni wieder. Natürlich fragen Sie aus Interesse nach dem Klausurergebnis. Ihre Freundin oder Ihr Freund guckt Sie daraufhin mit einem traurigen Blick an und meint, dass ihr oder ihm ein Punkt bis zum Bestehen der Klausur gefehlt hat. Sie möchten ihr oder ihm Ihre Anteilnahme ausdrücken und sagen: „Oh Mist, das ist echt belastend. Im nächsten Versuch klappt's aber bestimmt!".

Das Wort „belastend" drückt aus, dass ein etwaiges Ereignis kein positives Ende genommen hat. Außerdem zeigen Sie mit dieser Bemerkung Ihr Mitgefühl, wenn jemand anderem etwas nicht Erfreuliches passiert ist.

Gibt es denn auch noch Synonyme zu diesem Jugendwort? Mir persönlich fällt dazu nur das Wort „Miese" ein. Ja Sie haben richtig gelesen! Dieses Wort wird in der Mehrzahl verwendet. Es heißt also nicht „Mies", sondern „Miese"! Es kann eins zu eins mit dem Wort „belastend" ersetzt werden, also bleibt es schlussendlich Ihnen überlassen, welches der beiden Wörter Sie benutzen.

Ein weiterer in der Jugendsprache verwendeter Satz, der mit dem Begriff „Miese" assoziiert wird, lautet: „Mach mal keinen Miesen!". Jemand, der einen Miesen macht ist oft geizig oder egoistisch. Ein Beispiel dafür wäre, wenn Sie jemanden fragen, ob sie oder er einen Kaugummi für Sie hätte. Wir nehmen an, die gefragte Person würde Kaugummis im Überfluss besitzen. Handelt diese Person nun egoistisch und gibt Ihnen kein Kaugummi ab, so könnten Sie folgendermaßen reagieren: „Mach mal keinen Miesen und gib mir eins!".

Sagen Sie diese Wörter aber bitte nicht auf einer Beerdigung, dort wäre es absolut unpassend! Es handelt sich immer noch um Jugendsprache und sollte auf einem Friedhof oder generell in ernsteren Situationen nicht verwendet werden.

Benzer und Beamer

„In der Kürze liegt die Würze“, das sagt selbst mein Opa öfters und genauso werde ich diese beiden Begriffe erklären.

„Benzer“ ist eine Bezeichnung für ein Auto der Marke Mercedes-Benz und der Begriff „Beamer“ für ein Auto der Marke BMW. Die Begriffe werden sehr häufig in der Musik verwendet und sind dem Genre Deutschrap zuzuordnen. Viele Rapper benutzen diese Begriffe um auf ihre teuren Autos hinzuweisen und um in einem solchen Fall mit diesen zu „flexen“. Lesen Sie doch einfach die Erklärung zu diesem Begriff in diesem Buch, dann verstehen wir uns auch. Dafür ein paar Seiten weiterblättern.

Eine abschließende Frage hätte ich da aber trotzdem noch. Bei vielen Menschen scheiden sich da die Geister. Welche Automarke finden Sie von den beiden am besten? BMW, Mercedes oder vielleicht doch Audi? Ich verrate Ihnen meine. Es ist Audi, aber bitte hören Sie nicht auf dieses Buch zu lesen, nur weil Sie eine andere Marke besser finden. Vielen Dank für Ihr Verständnis.

Blunt

Nein, ich habe mich nicht verschrieben, ich meine hier nicht die Haarfarbe „blond“. Außerdem wird auch nicht das Adjektiv „bunt“ gemeint, obwohl häufig im Inneren eines „Blunts“ eine kräftige Farbe zum Vorschein tritt. Das Innere? Ja genau, ein Blunt besteht nämlich aus einem äußeren und einem inneren Teil.

Jetzt sollten Sie aber so langsam wissen, was mit „Blunt“ gemeint ist. Er wird gerollt, das Innere hat fast immer eine kräftige Farbe und noch dazu riecht ein Blunt meistens sehr stark, wenn man ihn anzündet. Übrigens ist es üblich einen Blunt zu rauchen wie zum Beispiel eine Zigarette. In Deutschland ist es illegal dies zu tun und wird häufig von der Polizei verfolgt. In unserem Nachbarland der Niederlande gibt es eine riesige Kultur rund um das übergeordnete Thema. Ja aber na klar, hier geht es um Gras! Man nennt es auch Marihuana oder Cannabis.

Viele konsumieren Marihuana in einem Joint. Das bedeutet, die Droge wird mit Tabak oder Anderem gemischt, daraufhin in einem Blättchen gedreht und zu guter Letzt geraucht. Bei einem Blunt ist es ähnlich, der einzige Unterschied zwischen einem Joint und einem Blunt liegt im Inneren der Marihuana-Zigarette. In einem Joint wird – wie gerade erklärt meist Tabak mit Marihuana gemischt, der Blunt hingegen kommt ohne jegliche Zutaten zum Mischen daher. Er besteht also zu einhundert Prozent aus Marihuana und ist somit erheblich stärker als ein Joint.

Einen Blunt zu konsumieren im Gegensatz zu einem Joint kann viele Vorteile haben. Wichtig zu erwähnen, lasst die

Finger von den Drogen und fangt erst gar nicht damit an! Solltet Ihr trotzdem Marihuana konsumieren wollen, dann tut dies mit einem Blunt, da dieser gesünder ist als ein Joint. In einem Joint wird meist Tabak zum Mischen des Marihuanas verwendet, welcher die Wirkung des Marihuanas verfälscht und körperlich abhängig macht. Der Tabak kratzt zudem häufig in der Lunge und schmeckt weniger gut als das Marihuana. Viele Menschen, die mit dem Joint Rauchen anfangen, konsumieren später Zigaretten, da sie durch den Tabak in einem Joint abhängig wurden.

Ich wiederhole mich hier nochmal, Finger weg von den Drogen. Am besten ist es einen klaren Kopf zu behalten und die Welt so wahrzunehmen wie Sie ist. Drogen verzerren und verfälschen Erlebnisse!

Bratan

Haben Sie in letzter Zeit mal ein Musikvideo von irgendeinem deutschen Rapper gesehen? Nein? Dacht ich´s mir doch! Denn wenn sie eins gesehen hätten, müssten sie feststellen, dass dieses Wort dort sehr häufig benutzt wird.

Der wohl bekannteste Rapper zurzeit, der diesen Begriff so gut wie in jedem seiner Songs verwendet, heißt „Capital Bra". Möglicherweise haben Sie diesen Namen schon einmal gehört. Wenn nicht, ist es auch kein Problem, ich werde Ihnen trotzdem mitteilen, was es mit diesem Wort auf sich hat.

Ursprünglich handelt es sich hierbei um einen russischen Begriff, welcher seinen Weg in die deutsche Jugendsprache gefunden hat. Aus der grammatikalischen Sicht betrachtet, wird das Wort „Bratan" meist falsch angewendet, denn es handelt sich im Russischen um die Mehrzahl. In der Jugendsprache hingegen wird es meist im Singular benutzt. Die korrekte Variante wäre eigentlich „Brat".

Aber was bedeutet es denn jetzt genau? „Bratan" heißt ins normale Deutsch übersetzt so viel wie „Bruder". Auch die Kurzform „Brat" bedeutet „Bruder", was aber – wie gerade gesagt – eigentlich falsch ist. In der heutigen Jugendsprache wird eben vieles nicht so eng genommen, so ist das Wort „Brat" als eine Abkürzung des Wortes „Bratan" zu sehen und hat damit die gleiche Bedeutung.

Wann benutzt man das Wort „Bratan" oder kurz „Brat"? Das kann ich Ihnen schnell und einfach erklären! Es kann als eine Anrede für einen Freund verwendet werden, wie in diesem

Beispiel: „Ey Bratan, wie geht es dir?“. Der Begriff „Brat“ wird benutzt wie „Bratan“, nur da es eine Kurzform ist, findet er Verwendung in etwas schnelleren und eher kurzen, knackigen Sätzen wie zum Beispiel: „Ey Brat, was geht?“

Für Leute, denen die heutige Jugendsprache sehr unbekannt ist, kläre ich nun auch noch einmal auf, was „was geht?“ oder „was geht ab?“ bedeutet. Das ist ziemlich einfach zu beantworten. Es heißt nichts anderes als „Was ist los?“, meist wird es aber im Sinne von „Wie geht´s?“ verwendet.

Bro

Es handelt sich mal wie so häufig um ein Wort aus der englischen Sprache. Genau genommen ist „Bro“ eine Abkürzung eines englischen Wortes. Die deutsche Übersetzung dieses Begriffs gehört, genauso wie die englische Variante, zu einem sehr häufig benutzten Wort in der heutigen Jugendsprache. Ich würde sogar so weit gehen und sagen, dass es sich hier um das meistbenutze Wort der aktuellen Jugendsprache handelt. Also der König aller Jugendwörter.

Es zählt zu den absoluten Basics, die Sie kennen müssen, um die heutige Jugend zu verstehen. Zum Glück bin ich ja für Sie da und werde Ihnen die Bedeutung so gut wie nur möglich erklären.

Als allererstes schauen wir uns doch mal an, wie dieses Wort in seiner langen Version aussieht. Wie ich eben schon sagte, handelt es sich ja um eine Abkürzung. Hinter dieser Abkürzung steckt das englische Wort „Brother“, welches ins Deutsche übersetzt „Bruder“ lautet. Ich glaube, die Übersetzung hätten Sie auch noch selbst hinbekommen, denn Sie verfügen ja, soweit ich weiß, über fantastische Fähigkeiten in der englischen Sprache!

Aber wann genau nennt man denn jetzt überhaupt jemanden „Bro“ oder „Bruder“? Klar, Sie nennen auch bestimmt (wenn vorhanden) Ihren leiblichen Bruder „Bruder“. In der Jugendsprache ist dies aber ein bisschen anders, Sie können jeden, der Ihnen nähersteht „Bro“ oder „Bruder“ nennen. Somit wird diese Anrede sehr häufig, ja fast ausschließlich unter Freunden benutzt. Eine klassische Begrüßung zu Ihrem

Freund könnte folgendermaßen lauten: „Ey Bro, lange nicht gesehen! Wie geht´s dir?". Genauso gut können Sie auch statt dem Wort „Bro", das deutsche Wort „Bruder" verwenden. Beide Anreden sind absolute Kernbegriffe der jetzigen Jugendsprache.

Da es sich um einen sehr maskulinen Begriff handelt, findet er häufig unter Jungen oder Männern Verwendung.

Chillen

Dieses Wort hat mittlerweile schon einige Jahre auf dem Buckel. Doch es hat erreicht, kontinuierlich bis heute verwendet zu werden. Das ist eine absolute Meisterleistung bei der Menge an Jugendwörtern, die es jedes Jahr in den Sprachgebrauch von jungen Leuten schaffen. „Chillen“ ist also zu einem absoluten Dauerbrenner geworden.

Wahrscheinlich ist Ihnen dieser Begriff schon einmal über den Weg gelaufen. Er wird nämlich auch bei älteren Leuten immer populärer. Genau aus diesem Grund werde ich die Erklärung etwas kürzer halten und Sie nicht so lange auf die Folter spannen. Der Ursprung findet sich in der englischen Sprache und es wurde hierzulande schlichtweg eingedeutscht. Übersetzt bedeutet es so viel wie: „entspannen“ oder „abhängen“. Ein typischer Satz von einer Freundin oder einem Freund wäre also: „Lass uns bald mal wieder zusammen chillen!“, wenn dieser sich mal wieder mit Ihnen treffen möchte.

Man kann dieses Wort aber auch in einem anderen Kontext verwenden. Wenn es Beispielsweise zu einem Streit zwischen Ihnen und einer anderen Person kommen sollte, so könnten Sie sagen: „Chill mal!“. Es wird gemeint, dass Ihr Gegenüber sich abreagieren soll. Gleichbedeutend wäre hier auch: „Entspann dich mal!“.

Auch das Beschreiben von Situationen oder Gegenständen ist mit diesem Wort möglich. Hierfür wird die Form „chillig“ verwendet. Es bedeutet so viel wie „super“ oder „nice“. Ein Beispiel wäre, wenn Sie sich ein neues Auto kaufen und Sie daraufhin von einer Person folgendes hören würden:

„Chilliges Auto! Wir können ja bald mal ein bisschen darin chillen.“.

Grundsätzlich ist das Schöne an diesem Wort, dass es ziemlich weit verbreitet ist. Im Zuge dessen werden Sie, wenn Sie dieses verwenden, direkt verstanden.

Cringe

Mal wieder ein Wort, welches Sie fast eins zu eins aus dem Englischen ins Deutsche übersetzen können. Aber passen Sie auf! Die Betonung des ersten Satzes liegt auf „fast"! Wortwörtlich übersetzt heißt „cringe": „zusammenzucken" oder „zurückschrecken". Die Bedeutung des Internet- oder Jugendworts beruht eher auf der Frage: „Wann schrecken wir zurück?" oder „Wann zucken wir zusammen?". Klar, wenn wir uns erschrecken oder etwas Ungeplantes passiert. Wenn etwas Ungeplantes passiert ist es häufig peinlich! Genau dieses Wort suchen wir: „peinlich" oder auch „unangenehm".

Meistens wird das Wort „unangenehm" gemeint. Man sagt zum Beispiel: „Junge, diese Aktion die du letztens bei diesem Mädel gebracht hast war ja so cringe.". Diese Aussage sollte dem Gesprächspartner mitteilen, dass sein Verhalten letztens gegenüber einem bestimmten Mädchen peinlich war. Man spricht dann auch von sogenanntem „cringigen" Verhalten. „Cringe" bedeutet also „unangenehm" oder „peinlich".

Aber wie spricht man dieses englische Wort überhaupt aus? Nun dies ist gar nicht so kompliziert, wie Sie vielleicht denken. Sagen Sie einfach „krintsch" und Sie sind auf der sicheren Seite.

Digga

Keine Sorge, wenn Sie jemanden mit „Digga“ ansprechen ist dies keine Beleidigung! Ganz im Gegenteil es ist sogar eine sehr freundliche Anrede, obwohl man das Wort „Digga“ mit dem Wort „dick“ in Verbindung bringen könnte. In der Jugendsprache haben die beiden Begriffe aber nichts miteinander zu tun.

Interessant ist auch, wo diese Anrede ihren Ursprung hat. Im Gegensatz zu vielen anderen deutschen Jugendwörtern kommt dieses Wort ausnahmsweise mal nicht aus der englischen Sprache.

Kennen Sie eine Stadt oder eine Gegend, wo man das „ck“ wie ein „gg“ ausspricht? Ich gebe Ihnen einen Tipp es ist eine Stadt im Norden Deutschlands. Richtig! Es ist keine geringere als die schöne Hansestadt Hamburg. Der Begriff hat es also aus Hamburg hinaus in die gesamtdeutsche Jugendsprache geschafft und das mit riesigem Erfolg.

Es handelt sich hier um eines der meistbenutzten Jugendwörter und man findet es in so gut wie jedem gesprochen Satz von Jugendlichen wieder. Ein Beispiel wäre: „Ey Digga, alles gut bei dir?“. Natürlich gibt es auch bei diesem Wort mal wieder ein paar gebräuchliche Abwandlungen. So kann statt „Digga“ auch „Dicker“ oder „Diggi“ benutzt werden, die Bedeutung ist komplett identisch.

Jetzt kommen wir aber mal endlich zum eigentlichen Sinn des Begriffs. Was versteht man denn nun unter dem Wort „Digga“? Das ist ganz einfach, es handelt sich hier um eine

Anrede für einen Freund. Also kann man es mit „Kollege" oder „Bruder" gleichsetzen. Haben Sie den Abschnitt „Bro" schon gelesen? Dort gebe ich noch weitere Informationen zum Thema Anreden unter Freunden.

Eine wichtige Bemerkung muss ich hier allerdings noch loswerden. Sollten Sie zu fremden oder zum Beispiel Ihrem Chef sprechen, so verwenden Sie bitte nicht dieses Wort! Es handelt sich hier immer noch um Jugendsprache. Nur weil der Begriff aus Deutschland kommt, heißt es nicht, dass er zum seriösen Umgangston gehört!

Ehre

Sie denken sich jetzt bestimmt: „Ehre? Das Wort kenn ich doch! Warum will der blöde Autor mich über dieses Wort aufklären?". Ich sage Ihnen, nach dieser Erklärung werden Sie noch eine weitere Bedeutung des Begriffs kennen.

Das Wort „Ehre" wird eigentlich ausschließlich mit positiven Ereignissen assoziiert. Häufig wird es unter Freunden verwendet oder unter Leuten, die sich gut kennen.

Stellen Sie sich vor Sie befinden sich in einer Situation, wo Sie etwas Unterstützung von Ihren Freunden gebrauchen könnten. Dies kann etwas sehr Einfaches sein, wie das Verlangen nach einem Getränk. Ihr Freund, bei dem Sie zu Besuch sind reicht Ihnen ein kaltes Bier und Sie sagen: „Ehre, danke Dir!". Alternativ zu „Ehre" könnten Sie auch „Ehrenwert" sagen, es bedeutet hier dasselbe.

Es gibt also kein großes Rätsel rund um dieses Wort, es bedeutet einfach nur so viel wie „toll", „nice", „sauber" oder „danke". Ein weiteres Beispiel wäre, Ihr Freund oder Ihre Freundin erzählt Ihnen, dass Sie einen neuen Job gefunden haben. Eine in der Jugendsprache erwartete Antwort wäre: „Ehre digga, läuft bei dir!".

Was es allerdings mit dem Wort „digga" auf sich hat, wissen Sie ja schon, wenn Sie dieses Buch bis hierhin aufmerksam gelesen haben. Ebenso geht es im nächsten Abschnitt des Buchs um die verwandte Aussage: „Ehre genommen", jedoch bedeutet Sie inhaltlich etwas ganz anderes. Lassen Sie sich überraschen!

Ehre genommen

Ehre, überall dieses Wörtchen „Ehre“. Hört das auch mal endlich auf? Da muss ich Sie leider enttäuschen, gefühlt in jedem zweiten Satz eines Jugendlichen ist dieses Wort zu finden. Genau aufgrund dieser Popularität, werde ich Ihnen viele Redewendungen beibringen, die mit diesem Begriff zu tun haben.

Eine ganz bestimmte, unter jungen Leuten sehr bekannte Person hat dieses Wort mitgeprägt. Es handelt sich hier um einen Youtuber. Falls Sie nicht wissen, was so ein Youtuber überhaupt ist, dann gebe ich Ihnen jetzt mal einen kurzen Crashkurs. Ein Youtuber ist eine Person, die Videos auf der Videoplattform Youtube im Internet hochlädt. Häufig sind diese Personen Entertainer, man kann Sie sich ein bisschen so vorstellen wie einen Fernsehmoderator oder Fernsehmoderatorin.

Dem Youtuber, der dieses Wort mitgeprägt hat, schauen ungefähr zum jetzigen Zeitpunkt 2,5 Millionen Fans zu. Auf der Plattform Youtube nennt man diese Leute Abonnenten. Sie abonnieren dort keine Zeitung, sondern den Kanal eines Youtubers, der Ihnen gefällt. Sind Sie Abonnent von jemandem, bekommen Sie mit, wenn dieser ein neues Video veröffentlicht. Wichtig zu wissen ist noch, dass diese Abonnements auf Youtube komplett kostenlos sind.

So! Jetzt habe ich Ihnen noch ein bisschen Hintergrundwissen in den Kopf geprügelt. Ich hoffe, es hat Sie interessiert. Nun aber zurück zum Thema. Der Youtuber, über den wir hier die ganze Zeit geredet haben, heißt „Montanablack“. Hierbei handelt es sich natürlich um seinen Künstlernamen, wer hat denn bitte im echten Leben so einen komischen Namen? Der Spruch „Ehre genommen“ wurde in der Vergangenheit so häufig von ihm verwendet, so dass es dieser in unsere Jugendsprache geschafft hat. Viele Fans von Montanablack sind natürlich eher jüngere Leute.

Jetzt aber zur eigentlichen Erklärung. Was bedeutet dieser Schmarrn denn jetzt? Ganz einfach! Sie sagen es, wenn Sie gegen jemanden gewonnen haben. Dies kann in einem Spiel sein oder aber auch in einer ernsteren Lebenssituation. Brüllen Sie einfach laut, wenn Sie einen Sieg gegen jemanden errungen haben: „Ehre genommen!“. Alternativ können Sie auch „Leben genommen“ sagen. Aber keine Sorge, das hat hier nichts mit einem Mord zu tun!

Ein Beispiel möchte ich Ihnen aber für Ihr Verständnis noch geben. Stellen Sie sich vor, Sie sitzen mit einem Freund oder einer Freundin von Ihnen im Fußballstadion. Sie sehen, wie der Angreifer den Verteidiger ausdribbelt und ihn stehen lässt. Jetzt könnten Sie sagen: „Boar, der hat dem Verteidiger aber ganz schön die Ehre genommen!“.

Abschließend gebe ich Ihnen noch einen Rat. Versuchen Sie immer dem anderen die Ehre zu nehmen und passen Sie auf Ihre auf!

Ehrenmann/Ehrenfrau

Eins steht auf jeden Fall fest, Sie sind ein absoluter Ehrenmann oder auch eine Ehrenfrau, da Sie mein Buch lesen! Vielen Dank dafür! Ich entschuldige mich schon einmal im Voraus, da ich in diesem Abschnitt lediglich die männliche Form dieses Wortes benutzen werde. Die männliche Form ist deutlich verbreiteter und es vereinfacht hier vieles.

Der Begriff „Ehrenmann“ ist in der heutigen Jugendsprache eines der beliebtesten Wörter überhaupt. Also wenn Sie unbedingt mal die Sprache der Jugend benutzen möchten, dann verwenden Sie auf jeden Fall dieses Wort!

Auch bei diesem Begriff ist das Wort „Ehre“ mit an Bord. Es bedeutet genau dasselbe wie in der Definition zwei Kapitel zuvor. Jetzt setzen Sie die beiden Wörter doch mal zusammen und schon erhalten Sie die Bedeutung.

Richtig! In der Nicht-Jugendsprache, auch allgemeiner Sprachgebrauch genannt, kann man die Aussage „Geiler Typ!“ oder „Geile Frau!“ mit der Bezeichnung „Ehrenmann“ oder „Ehrenfrau“ gleichsetzen. Aber passen Sie auf! Trotz des Wortes „geil“ wird hier nicht sexuelles gemeint. Man könnte genauso gut „klasse“ oder „toller Typ“ sagen.

Häufig wird der Begriff benutzt, wenn Ihnen jemand einen Gefallen tut oder eine für Sie positive Handlung durchführt. Sie können diese Person dann als „Ehrenmann“ oder „Ehrenfrau“ bezeichnen. Auch um Ihre Sympathie zu einer anderen Person auszudrücken, eignet sich dieses Wort. Möchten Sie zum Beispiel jemandem mitteilen, dass Sie mit einem Jungen namens „Jonas“ befreundet sind, könnten Sie sagen: „Der Jonas ist schon ein richtiger Ehrenmann.“.

Wann ist für Sie jemand ein Ehrenmann oder eine Ehrenfrau gewesen? Wen würden Sie von Ihren Bekannten als Ehrenmann oder Ehrenfrau bezeichnen?

Einen dübeln

Kennen Sie das? Sie wollen ein Bild oder eine Lampe aufhängen, aber die Schraube möchte einfach nicht in Ihrer Decke oder Ihrer Wand halten? Da kann Ihnen ein sogenannter Dübel bei helfen. Ihr örtlicher Baumarkt berät Sie gerne und zeigt Ihnen einen passenden Dübel.

Jetzt aber mal Spaß bei Seite, natürlich geht es hier nicht um einen Dübel, den Sie in eine Wand hämmern wollen. Es geht um einen ganz anderen Dübel, dessen Nutzen sich auch sehr stark von dem des Baumarktdübels unterscheidet. Der Baumarktdübel hält Schrauben in der Wand oder der Decke fest und der Dübel, der hier gemeint ist, berauscht einen. Ja ganz richtig, es geht wie beim „Blunt" um Drogen. Sollten Sie das Thema „Blunt" noch nicht gelesen haben, dann aber jetzt!

Sehr gut, ich bin stolz auf Sie! Jetzt haben Sie ein gewisses Vorwissen, was dieses Thema angeht. „Einen zu dübeln" ist eine Bezeichnung einer Aktivität, die in Deutschland nicht so oft anzutreffen ist, da Sie hier illegal ist. In den Niederlanden ist dies wiederum erlaubt und auch somit häufiger anzutreffen.

Es geht schlicht und einfach um den Konsum von Marihuana. Auch hier betone ich noch einmal, lasst die Finger von den Drogen, scheißegal ob es Alkohol, Gras oder Koks ist.

Zurück zum Thema. Wenn jemand eine Marihuana-Zigarette raucht, nennt man dies „Einen dübeln". Häufig verwendete Aussagen sind zum Beispiel „Ey! Lass mal heute Abend Einen dübeln!" oder „Der Junge da drüben dübelt sich

Einen.".

Ich möchte Ihnen hier einen letzten Tipp zu diesem Thema geben: Dübeln Sie lieber Dübel in die Decke, anstatt sich komplett weg zu dübeln!

Einen Reinscheppern

Eines kann ich Ihnen sagen, sich einen rein zu scheppern ist immer eine gute Idee! Vor allem zu guten Anlässen ist dies eine absolute Empfehlung. Natürlich sollten Sie es dabei nicht übertreiben, in Maßen ist hier das Zauberwort. Haben Sie sich einmal zu viel reingescheppert, so werden Sie dies auf jeden Fall am nächsten Morgen merken.

Natürlich geht es hier um den Konsum von Alkohol, ist ja ganz klar. Es würde keinen Sinn ergeben Sie hier noch länger auf die Folter zu spannen. Vor allem, weil ich Sie nicht für dumm verkaufen möchte.

Trotzdem möchte ich Ihnen noch ein paar Beispiele geben, wie man diese Phrase richtig verwendet. Wenn Sie zum Beispiel in Sauflaune sind und Ihren Mitmenschen mitteilen wollen, dass Sie Lust haben heute Abend viel Alkohol zu trinken, dann könnten Sie folgendes sagen: „Heute Abend schepper ich mir mal wieder richtig einen rein!“ oder „Lass uns heute Abend mal richtig wegscheppern!“.

Selbstverständlich gebe ich Ihnen an dieser Stelle meine persönlichen Sauftipps, beherzigen Sie diese und Ihr alkoholischer Abend wird um einiges angenehmer. Punkt Nummer eins ist: Grundlage schaffen! Nichts geht über eine perfekte Saufgrundlage, das bedeutet, Sie müssen ausreichend essen vor dem Trinken. Ich empfehle Ihnen viel Fett gemischt mit Kohlenhydraten. Mein persönlicher Favorit ist die Pizza. Ich spreche hier aus Erfahrung, es gibt nahezu nichts Besseres als eine große Pizza als perfekte Grundlage.

Ein weiterer wichtiger Ratschlag von mir ist, dass Sie

zwischendurch ein Glas Wasser trinken. Glauben Sie mir, Ihre Kopfschmerzen am nächsten Tag werden so gut wie weg sein, wenn Sie genügend Wasser trinken. Der Alkohol entzieht Ihrem Körper wichtige Flüssigkeit, die Dehydration führt dann am nächsten Tag zu Kopfschmerzen. Lassen Sie es nicht so weit kommen!

Außerdem sollten Sie sich nicht von jetzt auf gleich wegscheppern. Trinken Sie sich langsam an Ihr Limit heran! Zu viel Alkohol auf einmal kann wirken wie eine Granate, die verzögert explodiert. Also immer einen Drink nach dem Nächsten.

Zu guter Letzt, wenn sich der Abend dem Ende neigt, sollten Sie vor dem Schlafen gehen noch einen Liter Wasser trinken. Ja richtig gehört, einen ganzen Liter! Nach meinen Erfahrungen braucht man wirklich gut einen Liter, um die Kopfschmerzen am nächsten Tag zu umgehen. Ich weiß, es kann echt schwierig sein einen Liter Wasser auf einmal zu trinken, deswegen splitten Sie es in vier Gläser auf und lassen Sie sich ruhig Zeit dabei. Außerdem empfehle ich stilles Wasser zu trinken, um den Magen nicht unnötig zu reizen. Wichtig ist nur, dass Sie am Ende auch wirklich so viel Wasser getrunken haben.

Aber auch hier lass ich mal wieder den Moralapostel raushängen. Alkohol ist keine Lösung! Sie können auch Spaß haben ohne Alkohol zu trinken!

Einunddreißiger (31er)

Für die einen ist es nur eine Zahl, für die anderen hat diese Zahl eine tiefere Bedeutung. Mit „anderen" sind hier selbstverständlich die jungen Leute gemeint. Aber was könnte diese einfache, stumpfe Zahl schon bedeuten?

Sollten Sie zufällig Jurist sein, so haben Sie bei der Beantwortung dieser Frage einen klaren Vorteil, denn die 31 steht für einen Paragraphen in unseren Gesetzbüchern. An Ihrer Stelle würde ich den Paragraphen 31 des deutschen Betäubungsmittelgesetzes einmal aufschlagen und analysieren. Für die anderen Leser werde ich diesen Abschnitt nun etwas zusammenfassen. Ich bin mir sicher, dass Sie die Bedeutung dieses Wortes direkt verstehen werden.

Dieser Paragraph sagt aus, dass wenn ein Täter mit der Polizei kooperiert, um die Tat weiter aufzuklären, Strafmilderung erfährt oder sogar ganz von der Strafe abgesehen wird. Eine Person, die mit der Polizei kooperiert und seine Mitstreiter gegebenenfalls verpfeift, wird als 31er bezeichnet. Er oder sie ist also ein Verräter. 31er bedeutet also in der Jugendsprache nichts anderes, als ein Verräter zu sein, hierbei muss die Polizei natürlich nicht involviert sein, es kann sich auch genauso gut um eine private Angelegenheit handeln.

Das beste Beispiel für einen 31er kann man in der Bibel nachlesen. Sollten Sie also schon einmal die Geschichte gelesen haben, wie Jesus ans Kreuz genagelt wurde, so ist Ihnen der Name „Judas" bestimmt bekannt. Da ich kein gläubiger Mensch bin und mich nicht wirklich mit der Bibel auskenne, kann und möchte ich nicht mehr dazu erzählen. Sollte es Sie interessieren, so wissen Sie nun, was Sie sich dazu durchlesen können.

Hier einmal der Inhalt des Paragraphen 31 des Betäubungsmittelgesetzes:

Das Gericht kann die Strafe nach § 49 Abs. 1 des Strafgesetzbuches mildern oder, wenn der Täter keine Freiheitsstrafe von mehr als drei Jahren verwirkt hat, von Strafe absehen, wenn der Täter

1. durch freiwilliges Offenbaren seines Wissens wesentlich dazu beigetragen hat, dass eine Straftat nach den §§ 29 bis 30a, die mit seiner Tat im Zusammenhang steht, aufgedeckt werden konnte, oder

2. freiwillig sein Wissen so rechtzeitig einer Dienststelle offenbart, dass eine Straftat nach § 29 Abs. 3, § 29a Abs. 1, § 30 Abs. 1, § 30a Abs. 1 die mit seiner Tat im Zusammenhang steht und von deren Planung er weiß, noch verhindert werden kann.

War der Täter an der Tat beteiligt, muss sich ein Beitrag zur Aufklärung nach Satz 1 Nummer 1 über den eigenen Tatbeitrag hinaus erstrecken. $ 46b Abs. 2 und 3 des Strafgesetzbuches gilt entsprechend.

Eine gängige Situation, in welcher dieser Begriff verwendet werden könnte, wäre folgende: Stellen Sie sich einen ganz normalen Schultag vor. Sie sitzen neben Ihrer besten Freundin oder Ihrem besten Freund und beide von Ihnen haben die Mathehausaufgaben nicht bearbeitet. Der Lehrer erwischt Ihre Freundin oder Ihren Freund und diese oder dieser petzt, dass Sie ebenfalls die Hausaufgaben nicht haben. Daraufhin könnten Sie Ihre Freundin oder Ihren Freund mit folgendem beschimpfen: „Du mieser 31er!". Dabei gehen Sie auf jeden Fall auf Nummer Sicher keinen Ärger zu bekommen, da der Lehrer diese Beleidigung höchstwahrscheinlich nicht verstehen würde.

Meine abschließenden Worte dieses Abschnitts: „Bleibt sauber und geht allen 31ern aus dem Weg!".

Fakefriends

Eines der wichtigsten Sachen im Leben ist es keine „Fakefriends" zu haben und dies auch so gut es geht zu erkennen. Nichts ist schlimmer, als wenn man jemandem etwas anvertraut und die andere Person es nicht für sich behalten kann. Ich gebe Ihnen gerne noch weitere Beispiele, was es mit einem sogenannten „Fakefriend" auf sich hat. Andererseits ist es mindestens genauso schlimm, wenn eine Person mit der sie befreundet zu sein scheinen, hinter Ihrem Rücken schlecht über Sie redet oder gar lästert. Sollte jemand nur mit Ihnen befreundet sein, weil Sie beliebt sind oder viel Geld auf Ihrem Bankkonto zu verzeichnen haben, so ist dies auch ein weiteres klassisches Beispiel für einen „Fakefriend".

Ich glaube, so langsam wissen Sie, was mit einem „Fakefriend" gemeint ist. Höchstwahrscheinlich wussten Sie schon direkt was dieses Wort bedeutet, ohne diese Passage überhaupt gelesen zu haben, da Sie ja ein Englischmeister oder eine Englischmeisterin sind. Es ist natürlich auch wie immer kein Problem, wenn Sie dies nicht sind. Ich bin ja da um zu helfen.

An sich ist es ganz einfach: „Fakefriend" heißt vom Englischen ins Deutsche übersetzt „falscher Freund". „Fakefriends" hingegen heißt „falsche Freunde". Ich hoffe ich habe Ihnen nebenbei auch noch ein bisschen Englisch beibringen können. You are welcome and carry on reading this book!

Flex

Das Wort „Flex“ bezeichnet ein Wort, welches Sie mit Sicherheit schon kennen. Es ist lediglich ein anderes Wort für „Angeberei“ oder „Prahlerei“. Wenn also bald jemand eine teure Uhr besitzt oder einen Porsche, dann können Sie Ihn eventuell als „Flexer“ bezeichnen. Ein „Flexer“ ist ein Angeber oder Prolet. Wenn man selbst oder jemand anderes prahlt oder angibt, sagt man „der Typ flext“ oder „der Flex lebt bei Ihm“. Das Verb von „Flex“ ist also „flexen“. Haben Sie sich in letzter Zeit mal so richtig was gegönnt und zeigen dies auch gern? Sie haben es also für den „Flex“ getan.

Bitte verwechseln sie das Wort „flexen“ nicht mit „wegflexen“! Das sind vielleicht ähnlich klingende Wörter, jedoch haben sie in der Jugendsprache zwei völlig verschiedene Bedeutungen. Auf das Wort „wegflexen“ gehe ich in diesem Buch auch noch näher ein. Also bleiben Sie gespannt. Denken Sie sich doch mal Ihre Definition zu dem Wort „wegflexen“ und wir vergleichen später, ob Ihre Version zu der tatsächlichen Definition passt.

Friendzone

„Friendzone“ klingt auf den ersten Blick schon mal durchaus positiv, denn wortwörtlich übersetzt bedeutet es ja so viel wie „Freundeszone“. Doch meistens ist die „Friendzone“ alles andere als gut, allerdings nur aus der Sicht einer einzelnen Person. Es geht hier nämlich mal wieder wie so häufig um das Thema Beziehung und Liebe.

Wenn also jemand in der „Friendzone“ steckt, bedeutet dies, dass diese Person eigentlich mehr als nur Freundschaft von der anderen Person möchte, jedoch die andere Person dies nicht zulässt oder nicht merkt. Häufig ist es so, dass meistens Jungs in der „Friendzone“ stecken, da sie die Signale des Mädchens falsch interpretieren und denken, dass das Mädchen ebenfalls Interesse verspürt.

Aus einer „Friendzone“ auszubrechen wird oft als nahezu unmöglich eingestuft. Wenn man sich bei jemandem in der „Friendzone“ befindet, merkt man dies am Anfang oft nicht, da man von seinen eigenen Gefühlen geblendet wird.

Aber wie kann man nun feststellen, ob man sich bei einer Person in der „Friendzone“ befindet? Gar nicht so einfach! Hier benötigt man sehr viel Fingerspitzengefühl. Aber es gibt da ein paar Anzeichen, die ich Ihnen mit auf den Weg geben möchte. Ein ganz klares Merkmal ist zum Beispiel, dass Sie oder Er dich fragt, wie man eine andere, außenstehende Person findet. Also man soll seinen Senf dazugeben, ob die außenstehende Person zu Ihrer verehrten Person passen würde und ob diese attraktiv ist. Sie oder er fragt Sie also nach Ihrer Meinung über eine andere Person, die Ihre verehrte Person attraktiv findet.

Ein weiterer Indikator könnte sein, dass die verehrte Person nicht oder nur sehr wenig körperliche Nähe zu Ihnen sucht. Sollte die andere Person Anzeichen machen, dass sie mehr von Ihnen möchte, dann nutzen Sie diese Chance! Es ist nämlich – wie gesagt – noch kaum jemandem gelungen aus der „Friendzone“ auszubrechen. Solche Anzeichen könnten zum Beispiel ein Kuss sein. Kommt es auch noch zum Geschlechtsakt können Sie sich natürlich sicher sein, Sie befinden sich nicht in der „Friendzone“!

Wichtig ist es auch der anderen Person direkt die Intention des Treffens mitzuteilen, also zum Beispiel nicht nach einem Treffen zu fragen, sondern es direkt Date zu nennen.

Aber dieses Buch soll kein Dating-Ratgeber werden, sondern Ihnen lediglich ein paar Begriffe aus der heutigen Jugend erklären und deswegen schließe Ich hiermit das Thema „Friendzone“ ab.

Gönnjamin

Das gewisse Deutschrapper die Sprache der Jugend unweigerlich prägen, ist heutzutage nichts Neues mehr. Dieses Wort hingegen wurde sogar von einem sehr bekannten Rapper erfunden, benutzt und verbreitet. Die Verbreitung erfolgte wie heute üblich über die sozialen Medien. Eine Social-Media Plattform hat zum Erfolg beigetragen, in diesem Fall war es die App „Instagram".

Aber welcher Rapper hat es geschafft ein eigenes Wort zu erfinden und schließlich dafür zu sorgen, dass es aus der heutigen Jugendsprache nicht mehr wegzudenken ist? Es handelt sich hier um keinen anderen als den Rapper „Kollegah". Sollte Ihnen das Wort so sehr gefallen, dass Sie sich damit schmücken wollen, so können Sie sich nun auch T-Shirts und Pullover damit im Internet bestellen. Herausgeber ist kein anderer als der Erfinder selbst.

Jetzt aber genug Hintergrundinformationen! Kommen wir zur Bedeutung, welche sich hinter diesem Begriff verbirgt. Ich hoffe, Sie haben sich bereits ein paar Gedanken zu diesem Begriff gemacht, denn es handelt sich hier mal wieder um eine Zusammensetzung aus zwei Wörtern. Das erste Wort haben Sie bestimmt schon erkannt. Richtig, „Gönn" kommt natürlich von „gönnen".

Woher könnte das zweite Wort kommen? Jamin? Jasmin? Nein, ganz so einfach ist es dann doch nicht. Beim zweiten Wort handelt es sich um die letzten beiden Silben des Namens „Benjamin". Jetzt nur noch die beiden verbinden und es kommt „Gönnjamin" heraus.

Ein „Gönnjamin“ ist übrigens jemand, der sich etwas Gutes oder Luxuriöses gönnt. Dies können viele verschiedene Sachen sein, zu den klassischen Beispielen zählen Uhren, teure Autos, aber auch so etwas wie ein schöner Urlaub. Als „Gönnjamin“ drückt man eben aus, dass man sich selbst etwas wert ist. Sollten Sie sich in nächster Zeit mal wieder etwas gönnen, so sagen Sie einfach zu anderen: „Ich bin heute im „Gönnjamin-Modus“.

Eine Bitte hätte ich zum Schluss noch an Sie, wenn Ihnen der Rapper „Kollegah“ mal über den Weg laufen sollte, dann fragen Sie ihn doch bitte, wieso er den Namen Benjamin bei der Erfindung dieses Wortes gewählt hat.

Habibi

Nein, hier handelt es sich nicht um die weibliche Form von Haribo. Die Süßigkeitenmarke hat mit diesem Wort nicht wirklich viel zu tun. Was sie allerdings gemeinsam haben ist das Süße. Beim Haribo Gummibärchen ist es der Geschmack, der süß ist und bei unserem Wort ist es die Bedeutung.

Habibi ist eine arabische Anrede, welche häufig in Beziehungen verwendet wird. Wichtig ist nur, dass „Habibi" die männliche Form ist und man sie somit nicht bei Frauen verwendet. Ein Habibi ist also immer ein Mann. Möchte man die Frau ansprechen verwendet man „Habiti", in der Jugendsprache ist die weibliche Form aber eher unbekannt.

Im herkömmlichen Deutsch würde man statt Habibi eher „Liebling", „Schatz" oder „Geliebter" sagen. Man muss allerdings etwas aufpassen! Steht das Wort „Habibi" am Ende eines Satzes oder in einem Satz, der beleidigend ist, so hat es die Bedeutung „Freundchen". Zum Beispiel: „Pass mal auf Habibi, nächstes Mal wird´s ungemütlich für dich!".

Spricht man von einem Kollegen oder Freund, kann man die Form „Habibo" verwenden. Dieses Jugendwort benutzen in der Realität aber eher weniger Leute. Man kann sagen, dass es sich auf dem Weg des Aussterbens befindet.

Hausparty

Also bei diesem Wort sollten Sie die Bedeutung schon herauslesen können. Deshalb werde ich mich hier etwas kürzer fassen.

Bei einer Hausparty handelt es sich natürlich um eine Party, die bei jemandem Zuhause stattfindet. Unter jüngeren Leuten sind Hauspartys sehr beliebt, vor allem, wenn die Eltern verreist sind und nicht am nächsten Tag wiederkommen. Ich glaube viele Eltern wären echt geschockt ihr Eigenheim in einem Zustand zu sehen, wie es nach einer Hausparty vorzufinden ist. Glauben Sie mir, ich rede hier aus eigener Erfahrung. Ganz wichtig ist es, wenn Sie einmal Gastgeber einer Hausparty sein sollten, trinken Sie nicht so viel Alkohol wie die anderen! Vertrauen Sie mir, wenn Sie zu betrunken sind um auf Ihr Haus aufzupassen, kann eine Hausparty echt sehr schnell aus dem Ruder laufen.

An dieser Stelle möchte Ich Ihnen auch noch ein paar Tipps und Empfehlungen für eine gute Hausparty geben:

1. Sorgen Sie für eine gute Musikanlage und eine Tanzfläche! Ist doch klar, ohne Musik geht auf einer Party nichts. Wenn der Alkoholpegel steigt und viele Gäste gekommen sind, steigt die Tanzbereitschaft und diese sollten Sie bedienen!

2. Informieren Sie unbedingt die Nachbarn vorher! Glauben Sie mir, das ist ein ganz wichtiger Punkt. Niemand möchte nachts unwissend von lauter Musik geweckt werden. Es könnte sogar sein, dass die Nachbarn die Polizei verständigen und dann wird es sehr schnell ungemütlich.

3. Lassen Sie Alkohol mitbringen! Sie stellen ja schon Ihr Eigenheim zur Verfügung, warum dann noch Unmengen an Geld für Getränke ausgeben? Klar ein wenig sollten Sie schon bereitstellen, wie zum Beispiel ein paar Kästen Bier, aber bitten Sie unbedingt Ihre Freunde noch etwas mitzubringen. Passen Sie auf, oft glaubt man genug Getränke zu haben, aber der Schein trügt. Der Alkohol geht häufig schneller aus, als Sie gucken können.

4. Sorgen Sie für genug Menschen, die Ihnen beim Putzen helfen! Feiern macht Spaß, aber das Aufräumen und Putzen am nächsten Tag kann echt sehr viel Arbeit machen. Viele Freunde werden sicherlich bei Ihnen übernachten wollen, diese können Sie am nächsten Tag ruhig ohne Bedenken zum Putzen rekrutieren. Denn wer feiern kann, kann auch aufräumen!

5. Laden Sie genug Leute ein! Klar, ein paar Bedenken kann man haben, wenn man viele Leute einlädt. Es könnte viel kaputt gehen, hoffentlich kommen keine Menschen die man nicht mag, … und so weiter. Aber glauben Sie mir, schlechte Stimmung auf einer Party zu haben, ist ein absolutes No-Go. Deswegen ist es ratsam zuerst einmal viele Leute einzuladen, denn es werden Ihnen viele absagen oder einfach nicht kommen. Lassen Sie sich also auch am besten Bestätigen, ob die jeweilige Person an dem Abend erscheinen wird oder nicht. Hier bietet sich eine WhatsApp-Gruppe an.

6. Haben Sie Spaß! Ich weiß es kann anstrengend sein Gastgeber zu sein, jedoch sollte der Spaß an erster Stelle stehen. Klar, Sie müssen versuchen Ihr Haus oder Ihre Wohnung nicht komplett zu zerstören, aber Ihnen muss klar sein, dass Sie am nächsten Tag sowieso sehr viel aufräumen und putzen müssen. Deshalb genießen Sie den Abend so gut es geht!

7. Seien Sie nie der Gastgeber! So lustig es klingt, dies kann Ihnen eine Menge Ärger ersparen. Trotzdem sollten Sie immer höflich sein und etwas mitbringen, wenn Sie auf einer Party eingeladen sind. Eine Flasche voll mit Alkohol würde sich anbieten.

Übrigens, wenn Sie in Bayern wohnen sollten, können Sie eine Hausparty auch „Hausi" nennen. In anderen Bundesländern ist diese Bezeichnung aber eher unbekannt.

Hustler/Hustlen

Was ist das denn? Jemand der vielleicht Husten hat? Tut mir leid, aber da liegen Sie leider total daneben. Ein „Hustler" zu sein ist nichts Schlechtes, vielleicht sind Sie ja selbst einer, wer weiß das schon. Aber erst nachdem ich Ihnen diesen Begriff erklärt habe.

Ein „Hustler" ist schlicht und einfach jemand, der hart und intensiv für seine Ziele arbeitet. Der Begriff steht eher dafür, dass man mit harter Arbeit Reichtum und Wohlstand erreicht.

Das Wort „hustlen" ist einfach nur das dazu gehörige Verb, wenn jemand hart arbeitet, sagt man er „hustlet". Die Wörter finden sehr häufig Verwendung in der Rap Szene, um zu verdeutlichen, dass die Rapper hart arbeiten und dadurch Reichtum erlangen.

Einen „Hustler" könnte man eventuell mit einem erfolgreichen Geschäftsmann vergleichen. Ein etwas anderes, vergleichbares Wort, welches ebenso aus dem Englischen kommt, wäre „Workaholic". Dies bedeutet, dass jemand sehr viel arbeitet. Den Erfolg der Arbeit beschreibt dieses Wort allerdings nicht. Dafür ist das Wort „Hustler" deutlich geeigneter.

Passen Sie bitte auf, wenn Sie diesen Begriff in einem englischsprachigen Land benutzen! Wortwörtlich übersetzt heißt er nämlich so viel wie: „Prostituierte" oder „Stricher". Achten Sie deswegen immer auf den Kontext, in welchem Sie dieses Wort aussprechen! Im deutschsprachigen Raum assoziiert jedoch so gut wie niemand diesen Begriff mit der Prostitution.

Im Modus sein

Seit wann können Menschen in irgendeinem Modus sein? Normalerweise können das doch nur Geräte oder Maschinen. Bei neuen Autos zum Beispiel kann man zwischen dem Komfort-Modus, dem Eco-Modus und dem Sport-Modus wählen, um das Auto auf die gewünschte Fahrweise abzustimmen.

Nun, in der Jugendsprache ist es so, dass man auch in vielen verschiedenen Modi sein kann. Auf Partys ist man im Party-Modus, beim Lernen für die Uni ist man im Lern-Modus und so weiter und so fort. Jedoch gibt es zudem noch die Redewendung: „Ich bin grade richtig im Modus!“. Hier liegt keine Verknüpfung zu irgendeiner Aktivität vor.

Wenn jemand im Modus ist, bedeutet dies, dass diese Person in diesem Moment sehr erfolgreich in einer bestimmten Sache ist. Häufig ist dieser Erfolg in einer Sache an den Spaß geknüpft. Dies ist aber nicht zwangsläufig immer so! Nur meistens ist es ja so, dass Erfolg Spaß macht.

Sollten Sie also in nächster Zeit zum Beispiel die Formel 1 verfolgen und Sebastian Vettel wäre der Gewinner eines Rennens, dann könnten Sie sagen: „Sebastian Vettel ist im Moment richtig im Modus!“. Unter Jugendlichen werden Sie verstanden, unter Erwachsenen ernten Sie höchstwahrscheinlich verwirrte Blicke.

In die DM´s sliden

Sie fragen sich jetzt bestimmt, was das Wort oder wohl eher die Abkürzung „DM´s“ bedeuten soll. Das Verb „sliden“ wird Ihnen vermutlich bekannt sein. Es kommt aus dem Englischen und bedeutet so viel wie „rutschen“. In unserem Kontext wird aber eher von „reinrutschen“ ausgegangen. Aber keine Sorge! Der Satz hat keine versaute oder doppeldeutige Aussage.

Aber woher kommt nun die Abkürzung „DM“? Hierbei muss ich Ihnen vermutlich etwas helfen, da man alleine leider nur sehr schwer auf die lange Version dieser Verkürzung kommt. Die größte Hürde ist hierbei jedoch, dass der Ursprung dieses Begriffs in der englischen Sprache liegt. Es ist also gar nicht so einfach, sich die Bedeutung dieses Wortes selbst herzuleiten. Die Abkürzung „DM“ steht für „Direct Message“. Also der Ausdruck „In die DM´s sliden“ bedeutet, dass jemand einer anderen Person eine private Nachricht geschrieben hat. Diese sogenannte „Direct Message“ wird hierbei natürlich über eine der Social-Media Plattformen verschickt. Typischerweise wird hierfür die App „Instagram“ verwendet.

So jetzt kennen Sie also die grundsätzliche Bedeutung dieses Satzes, jedoch wird mit diesem meistens eine unterschwellige Botschaft übermittelt. Hierfür gebe ich Ihnen ein konkretes Beispiel. Stellen Sie sich vor Sie haben eine Person auf einer Social-Media Plattform gefunden, an der Sie sehr interessiert sind. Damit meine ich, dass Sie diese optisch sehr ansprechend finden und Sie es sich vorstellen könnten, diese näher kennen zu lernen. Daraufhin schicken Sie dieser Person eine private Nachricht und „sliden in ihre oder seine DM´s“.

Kurzgefasst: „In die DM´s sliden“ bedeutet so viel wie, jemandem eine Nachricht auf einer Social-Media Plattform zu schicken, an der Sie vielleicht auch sexuelles Interesse haben. Dann wären Sie „in die DM´s dieser Person geslidet“.

Inschallah

Inschallah gefällt Ihnen dieses Buch, Ich habe mir wirklich Mühe gegeben. Das wäre ein typischer Satz, bei dem man das Wort „Inschallah" benutzen könnte. Ein weiterer wäre: „Inschallah wird die Prüfung morgen nicht so schwer!". Jetzt sollten Sie aber mal langsam draufkommen. Der zweite Satz verrät die Bedeutung eigentlich ziemlich offensichtlich.

Der Begriff wird häufig von Muslimen oder arabisch sprechenden Leuten verwendet. Heutzutage ist es jedoch so, dass auch viele Jugendliche das Wort in Ihren Wortschatz einbauen. Sollten Sie also in nächster Zeit mal über einen Schulhof laufen, so können Sie auch in Echt Bekanntschaft mit diesem Wort machen.

Kommen wir nun aber endlich zur wortwörtlichen Übersetzung von „Inschallah". Es heißt vom Arabischen ins Deutsche übersetzt nichts anderes als „so Gott will". Jedoch hat das Wort in der Jugendsprache keinerlei Verbindung zu irgendeinem Glauben. Aus der Jugendsprache in die „normale" Sprache übersetzt heißt es nichts anderes als „Hoffentlich".

Da Ich dieses Buch während der Corona-Krise schreibe: „Inschallah geht's Euch allen gut und inschallah bleibt Ihr gesund!".

Insta Story

Okay, okay ich sage es Ihnen direkt. „Insta" ist eine Abkürzung für die Social Media Plattform Instagram. Das Wort „Story" sollte Ihnen jedoch etwas sagen, es ist ein englisches Wort und bedeutet „Geschichte". Man spricht also von einer Instagram Geschichte.

Aber was ist denn nun genau eine Geschichte oder Story auf Instagram? Ganz einfach! Instagram ist eine Plattform für Fotos und Videos von Personen für Personen. Eine Insta Story ist ein Foto oder Video, welches nur für 24 Stunden sichtbar ist.

Es gibt allerdings ein paar Besonderheiten bei Instagram Stories, zum Beispiel, dass es mehrere Filter gibt, die sie über Ihr gemachtes Foto oder Video drüberlegen können, außerdem können Sie Ihre Freunde verlinken, sodass andere Personen sehen können mit wem Sie unterwegs sind.

In einer Instagram Story können sie auch lustige Masken und Filter über Ihr Bild legen, der Ihnen zum Beispiel eine Clownsmaske aufsetzt. Hier sind die Grenzen nahezu unendlich, da es Ihnen auch möglich ist eigene Filter zu erstellen.

Zusammengefasst handelt es sich bei einer „Insta Story" um ein Foto oder Video, welches andere Personen nur 24 Stunden sehen können. Häufig ist der Sinn und Zweck dahinter, anderen Leuten zu zeigen, was Sie gerade tun oder erleben. Sogenannte „Stories" gibt es nicht nur auf der Plattform Instagram. Auch auf anderen Social-Media Plattformen wie Facebook, Whatsapp oder Snapchat findet man diese Funktionalitäten.

Viele Personen benutzen eine solche Story zudem häufig um ein wenig „rumzuflexen“. Ich hoffe Sie wissen, was ich meine.

Snapchat Story

Wenn Sie die Erklärung zur Insta Story gelesen haben, dann wissen Sie ja nun vermutlich, was man unter einer Story auf Social Media Plattformen versteht. Richtig! Ein Foto oder Video, welches die Anderen nur maximal 24 Stunden sehen können.

Bei einer Snapchat Story ist dies nicht anders. Jedoch wird diese Story auf der Plattform „Snapchat" veröffentlicht. Was Snapchat ist und was man damit anfangen kann, erkläre ich Ihnen auch in diesem Buch. Sie müssen nur die Erklärung von Snapchat finden und danach hoffentlich auch lesen.

Aber warum erkläre ich Ihnen doppelt was eine sogenannte „Story" auf einer Social-Media Plattform ist? Ganz einfach, weil meiner Meinung nach Instagram und Snapchat die beiden wichtigsten Apps der heutigen Jugend sind. WhatsApp lasse ich außen vor, da dies eigentlich nur ein reiner Dienst zum Schreiben von Nachrichten ist. Dort ist es zwar mittlerweile auch möglich „Stories" zu erstellen, jedoch erfährt diese Funktion von der heutigen Jugend nur wenig Zustimmung. Bei den älteren Generationen ist es hingegen eher beliebt WhatsApp-Stories zu machen.

Kek

Vorsicht! Bei diesem Begriff besteht äußerste Verwechslungsgefahr! Außerdem sollten Sie sich genauestens überlegen, ob Sie diesen Begriff in Ihrer Sprache verwenden möchten, da es sich hier um ein Schimpfwort handelt.

Fangen wir aber mit der Verwechslungsgefahr an. Höchstwahrscheinlich kennen Sie schon das Wort, mit welchem man diesen Begriff verwechseln könnte. Vielleicht haben Sie es ja jetzt gerade sogar kurz assoziiert. Es handelt sich um ein Adjektiv, welches die Art eines Menschen beschreibt. Man muss unterscheiden zwischen „keck" und unserem „Kek" aus der Jugendsprache. Im alltäglichen Deutsch bedeutet „keck" so viel wie „frech" oder „vorlaut".

Der Ursprung des hier behandelten „Kek" ist wie bei vielen anderen Jugendwörtern in der deutschen Rap Szene zu finden. Rapper wie Bushido, Fler oder die Gruppe K.I.Z. verwenden diese Beleidigung häufig in Ihren Songs und haben sie so in unsere heutige Jugendsprache eingebaut.

Der Ausdruck stammt ursprünglich aus der türkischen Sprache, wo er eine bestimmte Art von Kuchen bezeichnet. In unserem Gebrauch im deutschsprachigen Raum bezeichnet das Wort „Kek" jedoch jemanden, der nicht so schlau ist, man könnte auch „Dummkopf" sagen.

Jetzt kennen Sie die tatsächliche Bedeutung des Wortes „Kek" und wissen, dass es sich um kein freundliches Wort handelt. Aber können Sie es auch korrekt aussprechen? Dabei werde Ich Ihnen nun ein bisschen helfen. So kompliziert ist es wirklich nicht, sagen Sie einfach „Käck" und schon werden

Sie von der heutigen Jugend verstanden.

Bitte vergessen Sie nicht, dass es sich um ein Schimpfwort handelt. Es ist zwar keine harte Beleidigung, trotzdem könnten Sie nach der Benutzung in Schwierigkeiten geraten. Also: Verwendung dieses Wortes nur auf eigene Gefahr!

Kuss geht raus

Ich denke mal Sie gehen hier von etwas Romantischem aus. Jetzt muss ich Sie leider direkt enttäuschen, es geht hierbei meist nicht um Liebe oder eine Beziehung. Klar, das Wort „Kuss" suggeriert, dass es sich hier um Liebe handelt, doch mit Liebe hat diese Aussage meist wenig zu tun.

Aber eines kann ich Ihnen versprechen, es handelt sich hier um eine positive Aussage, die nur verwendet wird, wenn eine für Sie vorteilhafte Handlung vorhergegangen ist. Ich werde es Ihnen direkt verraten, die Aussage „Kuss geht raus" hat dieselbe Bedeutung wie das Wort „Danke". Man tätigt diese Aussage also, wenn einem jemand einen Gefallen oder etwas Gutes getan hat.

Natürlich kommt auch dieses Kapitel nicht ohne Beispiele aus. Eventuell können Sie ja nach dieser Erklärung den Spruch nutzen, um Ihren Wortschatz auszubauen. Dass Sie diesen Satz aktiv in Ihren Sprachgebrauch einbauen, halte ich aber für eher unwahrscheinlich, jedoch wissen Sie nun was er bedeutet.

Das erste Beispiel spielt in einer Bar und Sie bemerken, dass Sie zu wenig Geld dabeihaben, um Ihren Deckel zu bezahlen. Daraufhin fragen Sie Ihren Freund oder Ihre Freundin, ob Sie nicht für Sie bezahlen könnte. Ihr Freund oder Ihre Freundin willigt ein und Sie sagen zum Ihr/Ihm: „Kuss geht raus, du bist die/der Beste!".

Ein weiteres Wort, welches man verwenden könnte wäre „Ehrenmann", zu welchem Sie hoffentlich schon die passende Passage gelesen haben. Wenn nicht dann aber mal schnell ein paar Seite zurückblättern und lesen! Übrigens, der Ausdruck: „Ich küsse dein Auge!“ hat dieselbe Bedeutung, wie die hier behandelte Aussage. Es gibt also in der Jugendsprache viele Möglichkeiten seine Dankbarkeit auszudrücken.

Überraschen Sie junge Leute mit den neu gelernten Begriffen und Sprüchen, Sie werden erstaunt sein, was für Blicke Sie ernten!

Kopfkino

Schließen Sie die Augen und stellen Sie sich vor Sie sitzen in einem wohlig warmen Kinosaal. Halt! Bitte doch nicht die Augen schließen, Sie müssen ja noch lesen können! Mein Fehler, tut mir leid. Zurück ins Kino. Ihr Sessel ist schön weich und sehr bequem. Sie hören ein paar Leute, wie Sie leckeres, knuspriges Popcorn essen, ein paar andere lassen sich die Nachos mit Käsesauce schmecken. Wie immer haben Sie schon fast die Hälfte des Popcorns aufgegessen, obwohl der Film noch nicht einmal begonnen hat.

Das könnten Ihre Vorstellungen zum Thema Kino sein. Jetzt wachen Sie bitte wieder auf, denn das hat nur wenig mit dem Thema „Kopfkino" zu tun. Trotzdem hoffe Ich, Ihnen hat der kurze gedankliche Ausflug ins Kino gefallen.

Sollte Ihnen jemand etwas Ekeliges oder vielleicht auch Verstörendes erzählen, dann kann es durchaus vorkommen, dass Sie dieses sogenannte „Kopfkino" bekommen. Aber nur keine Angst, es tut nicht weh und beißt auch nicht. Unangenehm kann es trotzdem sein, da müssen Sie einfach durch.

Was hat es denn jetzt genau mit einem „Kopfkino" auf sich? Ist doch ganz klar, wenn man selbst ein „Kopfkino" hat, dann stellt man sich eine bestimmte Situation in seinem Kopf vor, die man sich meistens gar nicht vorstellen möchte.

Ein gutes Beispiel dafür könnte folgendes sein. Es erzählt Ihnen jemand, dass er eine große Entzündung am Zeh hat, welche stark eitert und wirklich sehr widerlich ist. Daraufhin müssen Sie sich gezwungenermaßen einen eiternden Zeh vorstellen. Genau das nennt man dann „Kopfkino". Sie stellen sich gezwungenermaßen etwas vor, was Sie sich nicht vorstellen möchten.

Unser Gehirn ist leider so gebaut, dass es sich immer genau das vorstellt worüber geredet wird. Das bekannteste Beispiel hierfür ist natürlich, wenn Ich Ihnen sage: „Denken Sie jetzt bloß nicht an einen pinken Elefanten!" Woran denken Sie? Ich würde jede Wette eingehen, dass Sie jetzt gerade an einen pinken Elefanten gedacht haben. Keine Sorge, dafür können Sie nichts. Wir Menschen ticken alle so.

Ich küsse deine Augen

Wieso sollte jemand ein Auge einer anderen Person küssen? Was macht das denn für einen Sinn? Vor allem ist das Auge ein sehr empfindliches Organ, bei welchem ein Kuss auf dieses eventuell sogar Schmerzen hervorrufen könnte. Ich stelle es mir nicht sonderlich angenehm vor, einen Kuss auf eines meiner Augen zu bekommen und romantisch ist dies schon mal gar nicht.

Aber wie dem auch sei. Selbstverständlich darf man diesen Satz mal wieder nicht zu wörtlich nehmen, wie bei so vielen Phrasen der Jugendsprache in diesem Buch.

Man vermutet den Ursprung dieses Satzes in der türkischen Sprache, wo dieser auch hin und wieder verwendet wird. Natürlich dann auf Türkisch, ist ja klar. „Gözlerinden öperim", so lautet die türkische Version dieser Aussage, welche ins Deutsche übersetzt eben genau „Ich küsse deine Augen" bedeutet.

In der Jugendsprache von heute hat dieser Satz eine ganz einfache Bedeutung. Es handelt sich hier um eine durchaus positive Aussage, denn sie bedeutet nichts weiter als „Danke!".

Stellen Sie sich vor, Sie sitzen in Ihrem Garten an einem sehr heißen Sommertag und verspüren einen gewissen Durst. Sie teilen dies Ihrem Gegenüber mit und dieser macht sich daraufhin auf den Weg in die Küche und bringt Ihnen eine gekühlte Flasche Cola. Aufgrund Ihrer tiefen Dankbarkeit sagen Sie prompt: „Ich küsse deine Augen!".

Ich hoffe das Beispiel war einleuchtend und Sie haben mal wieder etwas gelernt. Sie können mir meine Augen küssen.

Lachkick

Auch Sie hatten bestimmt schon einmal einen „Lachkick“. Vielleicht ja bereits beim Lesen dieses Buches. Denn ich hoffe natürlich, dass ich Ihren Humor getroffen habe. Mit diesen Informationen sollte es jetzt schon möglich sein die Bedeutung hinter diesem Wort zu verstehen. Einen gewisses Grundverständnis der deutschen Sprache setze ich dabei voraus.

Stellen Sie sich vor jemand würde Ihnen eine lustige Geschichte oder einen Witz erzählen, den Sie unglaublich lustig finden. Daraufhin fangen Sie lautstark an zu lachen und zudem auch noch über einen längeren Zeitraum als bei einem normalen Lachen. Dies nennt man einen „Lachkick“ haben. Also die Rede ist von einem starken Lachanfall.

Häufig wird das Wort auch zur Beschreibung eines Sachverhaltes benutzt. Zum Beispiel, wenn Sie etwas lustig finden könnten Sie schlicht und einfach sagen: „Bruder Lachkick!“.

Ich hoffe Sie haben schon häufig Lachkicks gehabt und werden in Zukunft auch noch viele erleben, denn Lachen ist gesund!

Lauch

Viel Obst und Gemüse zu essen, gilt als eine elementare Säule von gesunder Ernährung. Es enthält eine große Menge von Vitaminen und Mineralien, welche sehr wichtig für unseren Körper sind. Dies ist den allermeisten Menschen durchaus bekannt, da man es häufig von Kindesbeinen an lernt.

Genauso ist es mit dem Gemüse Lauch, auch Porree genannt. Die grünen Stangen überzeugen durch einen hohen Ballaststoffgehalt, viel Vitamin E, B1, B6 und Vitamin C, lediglich die Kalorien sind hier Mangelware. Das ist auch der springende Punkt in der Jugendsprache, denn ein dünner Mensch wird dort oft „Lauch“ genannt. Auch das äußere Erscheinungsbild des Lauchs als Gemüse ist mit einem dünnen Menschen vergleichbar, eine Stange Lauch ist nun mal schmal und lang.

Aber warum wird dieser Begriff so häufig unter jungen Leuten benutzt? Nun das lässt sich ganz einfach so erklären, dass es unter Jugendlichen natürlich viel mehr dünnere Menschen gibt, aufgrund der noch nicht abgeschlossenen Entwicklung des Körpers. Es ist ganz normal in jüngeren Jahren noch etwas schmächtiger zu sein als ein ausgewachsener und voll entwickelter Erwachsener.

Jetzt habe ich natürlich noch ein paar Tipps für Menschen, die etwas kräftiger und breiter werden möchten. Sollte Ihr Ziel sein zu zunehmen, dann sollten Sie zuallererst Ihren ungefähren täglichen Kalorienbedarf bestimmen. Im Internet finden Sie zahlreiche Onlinerechner, die Ihnen dabei helfen. Haben Sie dies getan, so müssen Sie nur noch über diesen Bedarf hinaus essen. Ein wenig Kalorienzählen gehört dabei leider dazu, ebenso wie Fitnessstudiobesuche, bei denen Sie etwas Krafttraining durchführen sollten.

Sie können diese Methode eins zu eins kopieren, wenn Sie abnehmen möchten. Dabei sollten Sie natürlich nur beachten, dass Sie jetzt weniger essen sollten als Ihr täglicher Kalorienbedarf. Eine eiweißreiche Ernährung ist außerdem sehr wichtig um Muskeln aufzubauen, ohne das geht es leider nicht!

Lost

Jeder von uns war in einer gewissen Situation schon einmal „lost“. Sie können sich dieses Wort eigentlich eins zu eins aus dem Englischen ins Deutsche übersetzen. Das Wort „lost“ im Deutschen heißt „verloren“. Genau das ist auch die beste Erklärung. Jemand ist „lost“, wenn er in einer gewissen Situation überfordert ist und etwas nicht versteht oder falsch interpretiert.

Populäre Redewendungen sind zum Beispiel: „Peter ist schon wieder komplett lost.“, oder „Du bist ja mal wieder absolut lost.“. Wenn Sie sich einmal mit jüngeren Leuten umgeben und jemand etwas nicht versteht, dann reicht es auch vollkommen aus, wenn Sie das Wort „lost“ einfach laut rausposaunen. Sie werden verstanden, haben sie davor keine Angst!

Lul

Hier handelt es sich um eine Abwandlung eines schon sehr alten Jugend- und Internetwortes. Erstmals benutzt wurde die nicht abgewandelte Form schon in den 1980er Jahren. Häufig wird das Wort in Computerspielen und Onlinenachrichten verwendet. Nach und nach wurde es dann auch Bestandteil der heutigen Jugendsprache. Mittlerweile trifft man aber immer häufiger die abgewandelte Form „lul" an. Das originale Wort hingegen unterscheidet sich nicht stark und lautet „lol". Auch die Bedeutung der beiden Formen ist zu einhundert Prozent identisch.

Wahrscheinlich sind Sie auch schon darauf gekommen, dass es sich hier um eine Abkürzung handeln muss. Da muss ich Ihnen recht geben, es ist eine Abkürzung des englischen Satzes: „laughing out loud" und heißt übersetzt: „laut loslachen". Man benutzt dieses Wort also in einer humorvollen Situation, um zum Ausdruck zu bringen, dass man ein Ereignis oder eine Sache lustig findet. Häufig wird es in unvorhersehbaren Situationen verwendet, wenn diese etwas Lustiges an sich hat. Also zum Beispiel, wenn jemand auf einer Bananenschale ausrutscht. Es muss also nicht voraussehbar sein und zudem lustig, das ist bei der Verwendung des Wortes zu beachten. Bei einem Auftritt eines Comedians wäre der Ausdruck also eher unpassend, da man den Humor im Vorhinein bereits erwartet.

Ein Satz passend zur Bananenschalen-Situation wäre also zum Beispiel: „Lul, hast du gesehen wie der Typ da vorne ausgerutscht ist? Das sah echt lustig aus!".

Mashallah

Sollten Sie Arabisch sprechen, haben Sie gegenüber den anderen Lesern dieses Buchs schon mal einen kleinen Vorteil. Die Übersetzung vom Arabischen ins Deutsche hat einen muslimischen Hintergrund und bedeutet so viel wie: „Gott hat es gewollt".

Hierzulande benutzen es sehr viele Jugendliche, welche aber mit dem Islam oft nichts zu tun haben. Unter Jugendlichen ist es eine gängige Redewendung, die meist am Anfang eines Satzes verwendet wird. Es dient sozusagen als eine Art Einleitung einer Aussage. Eine sehr schöne Eigenschaft dieses Wortes ist, dass es häufig nur in sehr positiven Sätzen verwendet wird. Also wenn man gelobt wird oder man sich sehr freut. Wie oben angenommen spielt die muslimische Bedeutung „Gott hat es gewollt" eine nicht wirklich große Rolle. Das Wort „Mashallah" wird in der Jugendsprache eher als ein Synonym für das Wort „Wow" oder „Oha" verwendet.

Stellen Sie sich vor Sie kaufen sich ein neues T-Shirt, dass Ihnen sehr gefällt. Eines Tages tragen Sie dieses Shirt zum ersten Mal in der Öffentlichkeit. Ein Bekannter kommt daraufhin zu Ihnen und sagt: „Mashallah, du siehst aber echt gut aus heute, das neue T-Shirt steht Dir richtig gut!". Sehen Sie, so könnte ein typischer Satz mit diesem Wort aussehen.

Benutzen Sie es! Denn wenn Sie etwas lernen und es nicht anwenden, vergessen Sie es auch sehr schnell wieder. Natürlich nur in den passenden Kreisen, sollten Ihre Freunde über 50 Jahre alt sein, so werden Sie vermutlich nicht verstanden. In diesem Fall könnten Sie Ihnen dieses Buch ausleihen oder weiterempfehlen.

Meme

Keine Angst, ein „Meme“ ist absolut nichts Schlechtes oder Beleidigendes. Ganz im Gegenteil, es soll unterhalten und Euch in den meisten Fällen zum Lachen bringen.

Gut, die Intention eines sogenannten „Memes“ haben wir nun geklärt, aber was hat es denn jetzt genau mit der Bedeutung auf sich? Kurz erklärt versteht man unter einem „Meme“ nichts anderes als ein Bild, welches eine Überschrift oder Unterschrift besitzt. Häufig ist es jedoch so, dass beides vorliegt, also Text über und unter dem Bild. Des Öfteren werden Fotos und Ausschnitte aus einem bekannten Film oder einer bekannten Serie verwendet. Ein Muss ist dies aber nicht! Außerdem ist es auch nicht verpflichtend unbedingt ein Bild zu verwenden, es kann sich hierbei genauso gut um kleinere Videos handeln.

Dieses meist schon lustige Bild oder Video wird mit einem mindestens genauso lustigen Satz untermalt. Häufig hat dieser Satz aber nichts mit dem Ursprung des Bildes zu tun, sondern soll einfach nur lustig sein. Oft werden „Memes“ benutzt, um Situationen aus dem Alltag auf humorvolle Weise zu beschreiben.

Selbstverständlich haben auch die sozialen Medien einen sehr großen Einfluss, im Hinblick auf die Veröffentlichung und Verbreitung von diesen. Die Plattformen Instagram, Facebook und TikTok werden hierfür am meisten verwendet.

Aber wie spricht man dieses komische Wort „Meme" eigentlich korrekt aus? Ganz einfach! Sagen Sie einfach „Miem" und kein Mensch wird merken, dass Sie dieses Wort gerade erst kennengelernt haben.

Mecces

„Mecces“ ist etwas, welches sie mit Sicherheit kennen. Ich gebe Ihnen mal ein paar Hinweise, vielleicht fällt Ihnen ja danach ein, was mit diesem Jugendwort gemeint ist.

In unserer heutigen Gesellschaft ist der Alltag sehr schnelllebig und häufig auch stressig. Was fehlt den Menschen heutzutage? Richtig, es ist die Zeit! Weswegen es vielen Menschen schwer fällt noch genügend davon zum Kochen einzuplanen. Genau darauf hat sich dieses Restaurant mit dem Namen „Mecces“ spezialisiert. Wenige Minuten vergehen und die Bestellung, welche Sie mittlerweile sogar schon an riesigen Tablets aufgeben können, ist wie gewünscht zubereitet. Bekannte Gerichte des Restaurants sind zum Beispiel der „Big Mac“ oder der „Chicken Burger“, selbstverständlich kann es auch ganz klassisch die guten alten Pommes sein. Ich persönlich mag diese ja am liebsten mit Mayo. Wie ist es bei Ihnen? Sind Sie eher der Ketchup- oder der Mayo-Typ? Nach diesen ganzen Informationen können Sie sich doch bestimmt schon denken, worum es sich bei diesem Begriff handelt.

Das Wort „Mecces“ ist nichts anderes, als einfach nur eine Abkürzung für das Wort McDonalds. Wenn Sie also bald Sätze wie „Ey lass mal zu Mecces fahren!“ hören, wissen Sie, dass das Restaurant McDonalds gemeint ist. Ausgesprochen wird das Wort „Mecces“ folgendermaßen: „Mäckes“.

Manchmal gibt es unterschiedliche Schreibweisen für dieses Jugendwort, wie zum Beispiel „Mc´s“ oder „Meckes“. Lassen Sie sich von so etwas nicht aus der Ruhe bringen.

Muss los

Mal wieder ein typisches Beispiel für ein Wort oder einen kurzen Satz, der nicht wie andere Jugendwörter unter einem Kunstbegriff eingeführt wurde. Mit Kunstbegriff meine ich, dass es das Wort vorher in der deutschen Sprache noch nicht gab.

Höchstwahrscheinlich benutzen Sie diesen kurzen Satz, wenn Sie spät dran sind und noch irgendwo hinmüssen. Häufig haben Sie dann einen wichtigen Termin, den Sie wahrnehmen sollten. Zum Beispiel einen Zahnarzttermin oder Sie müssen schlicht und einfach zur Arbeit. Diese kurze Redewendung wird in den meisten Fällen angewendet, um jemand anderem mitzuteilen, dass Sie in diesem Moment keine Zeit haben etwas anderes zu tun. In der Jugendsprache wird dieser Satz jedoch in komplett anderen Situationen verwendet. Die Bedeutung ist somit eine ganz andere, als in der herkömmlichen Sprache.

Unter Jugendlichen wird diese Aussage sehr oft mit einem anderen Wort, welches ich auch schon in diesem Buch behandelt habe, verknüpft. Es handelt sich hier um das Wort Bruder, in diesem Buch unter dem Abschnitt „Bro“ zu finden. Ein beispielhafter Satz eines Jugendlichen könnte sein: „Bruder muss los!“.

Können Sie schon erahnen, was es mit der Bedeutung in der Jugendsprache auf sich hat? Nein? Ich bin ehrlich, wenn ich es zum ersten Mal hören würde, wäre ich auch aufgeschmissen. Aber ich helfe ihnen mal etwas auf die Sprünge.

Stellen Sie sich vor, jemand erzählt Ihnen eine Neuigkeit, welche für Sie nicht so erfreulich ist. Normalerweise reagiert man auf so etwas mit: „Oh mein Gott!“ oder „Ach du scheiße!“. Möchten Sie die Jugendsprache verwenden, so bietet sich der Satz „Bruder muss los!“ an.

Hauptsächlich findet dieser Ausruf Verwendung in peinlichen Situationen. Früher wurde zum Beispiel gesagt: „Ich muss weg!“, um aus einer peinlichen Situation zu entkommen. Heute heißt es „Bruder muss los!“, ist doch ganz klar!

Es gibt zudem auch noch ein paar Abwandlungen wie „Bruder muss groß“, dies hat nichts mit Ihrem großen Geschäft zu tun, sondern hat dieselbe Bedeutung wie „Bruder muss los“.

Netflix and Chill

Die Streaming Plattform „Netflix“ ist Ihnen höchstwahrscheinlich bekannt. Dort kann man Serien und Filme konsumieren bis man eckige Augen bekommt. Natürlich ist dies, wie vieles im Leben, nicht umsonst und Sie werden, wenn Sie es nutzen, jeden Monat zur Kasse gebeten. Meiner Meinung nach lohnt sich Netflix, wenn Sie es sich mit Freunden teilen. Sprich jeder bezahlt nur einen gewissen Anteil des monatlichen Preises, so lässt sich viel Geld sparen.

Das Wort „Chill“ kommt vom Wort „chillen“. Es bedeutet so viel wie „entspannen“ oder „relaxen“. Dieser Begriff wurde in diesem Buch schon erläutert, wenn es Sie interessiert, blättern Sie doch ein wenig zurück. Jedoch ist mit Netflix and Chill eine Aktivität gemeint, welche gleichzeitig entspannt ist, aber auch anstrengend sein kann. Können Sie sich vorstellen welche Aktivität gemeint ist? Richtig, ich spreche hier von Sex. Auch Geschlechtsverkehr, Poppen, Bumsen oder Knallen genannt. Mit Netflix and Chill ist nun also gemeint, dass man sich trifft, eine Serie oder einen Film zusammen guckt und währenddessen oder danach Sex hat.

Wenn Sie nun jemand fragt, ob sie heute Abend zum Netflix and Chill vorbeikommen möchten, wissen Sie nun, was Sie erwartet. Es ist nämlich nichts anderes als ein Codewort, welches mittlerweile jedoch so bekannt ist, sodass man es eigentlich gar nicht mehr „Codewort“ nennen darf.

Einen sehr großen Anteil an der Bekanntheit dieser Bezeichnung hat die Social-Media-Plattform „Tinder“. Sollten Sie mehr Interesse an dem Thema haben, so lesen Sie doch bitte den zugehörigen Abschnitt in diesem Buch.

No Front

No Front, aber haben Sie nichts Besseres zu tun als dieses Buch zu lesen? Wie wäre es, wenn Sie mal wieder die Wohnung oder das Haus aufräumen oder etwas anderes Produktives machen?! Ein kleiner Scherz am Rande, es war ja auch kein Front gegen Sie! Verstehen Sie nun die Bedeutung? Immer noch nicht? Kein Problem, wir fangen ganz von vorne an!

Zuallererst schauen wir doch mal, was es vom Englischen ins Deutsche übersetzt heißt. Das kann ich Ihnen sehr schnell beantworten. Es heißt nichts anderes als „keine Front“ oder „keine Vorderseite“. Die Übersetzung hilft uns mal wieder nicht wirklich weiter. Aber ich bin ja da, um Ihnen alles zu erklären.

Na dann fangen wir mal an. Wenn Sie Kritik an jemandem verüben möchten, dies aber in keiner Weise verletzend sein soll, dann sollten Sie diesen Ausdruck definitiv verwenden. Es sagt dem Gegenüber, dass Sie ihm helfen möchten und ihn nicht kritisieren, weil Sie ihn nicht mögen. Konstruktive Kritik ist hier das Zauberwort!

Sie wollen auch noch ein paar Beispiele dazu? Kein Problem, können Sie haben! Hat sich ein Freund oder eine Freundin von Ihnen eine neue Hose gekauft und Sie wollen ihm oder ihr mitteilen, dass er oder sie dick in der Hose aussieht? Ja? Dann sagen Sie am besten: „No front, aber in der neuen Hose siehst du wirklich etwas dick aus. Nimm es bitte nicht persönlich ich meine es ja nur gut, tausch sie doch um und nimm eine Größe größer. An sich ist die Hose nämlich echt schön, es ist nur einfach nicht die passende Größe.“.

„No front“ ist also ein Ausdruck, der vor oder nach einer Aussage benutzt wird, um der anderen Person mitzuteilen, dass man Sie mit der Aussage nicht beleidigen möchte. Gleichbedeutende Sätze für „No front“ wären zum Beispiel: „Nimm es nicht als Beleidigung“ oder „Es ist nicht persönlich gemeint“.

Andere Formulierungen gibt es bei diesem Satz natürlich auch. „Kein Front an dich, aber…“ oder auch „Das ist nicht als Front gemeint, …“, wären Satzanfänge die etwas anders aussehen, aber dieselbe Bedeutung haben wie das klassische „No Front“.

Ott

Das Wort „Ott“ kommt ursprünglich aus dem Türkischen. Die wortwörtliche Übersetzung lautet „Kraut“ oder „Unkraut“. Aber was hat die junge Generation schon mit Unkraut zu tun? Das Hobbygärtnern ist ja bekanntlich – zumindest gemäß den gängigen Stereotypen – den älteren Generationen zu zuordnen.

„Ott“ hat eine berauschende Wirkung auf den Körper und ist tatsächlich eine Droge. Die Härte von dieser liegt in etwa zwischen Kaffee und dem guten alten Alkohol. Sind Sie nach diesen Hinweisen nun schlussendlich auf die Bedeutung des Begriffs gekommen? Kraut…, Droge…, richtig! Es handelt sich einfach nur um ein anderes Wort für Marihuana oder Cannabis. Ein üblicheres Synonym für Marihuana, welches in der Umgangssprache verwendet wird, wäre wohl „Gras“ oder das englische Wort „Weed“.

Redewendungen in denen das Wort „Ott“ vorkommt könnten folgendermaßen aussehen: „Bruder, hast du das Ott geholt?“ oder „Alter, kifft hier jemand? Hier riecht es übertrieben nach Ott!“.

Para/Patte

„Para“ und „Patte“ haben beide dieselbe Bedeutung, jedoch stammen die Wörter aus zwei verschiedenen Sprachen. Das Wort „Para“ kommt ursprünglich aus dem Türkischen, wird in Deutschland aber so benutzt, als wäre es ein ganz normales deutsches Wort aus dem Duden.

„Patte“ ist ein deutscher Begriff und wird Ihnen vielleicht geläufig sein. Dieses Wort steht sogar im Duden, jedoch liest man dort eine andere Definition, als sie in der Jugendsprache bekannt ist. Im Duden wird erklärt, dass es sich hierbei um ein abgefüttertes Stoffteil als Klappe an Taschen handelt.

Kommen wir nun aber endlich zum spannenden Teil. Wie lautet nun die in der Jugend geläufige Bedeutung der zwei Wörter? Keine Sorge, ich helfe Ihnen gerne weiter. „Para“ kommt ja wie gesagt aus dem Türkischen und bedeutet ganz einfach „Geld“. Ich nehme an, dieses Wort wurde durch türkischstämmige Jugendliche geprägt und ist mit der Zeit auch unter deutschsprachigen Jugendlichen beliebt geworden.

Das Wort „Patte“ hat dieselbe Bedeutung. Ein Beispiel: „Bruder hast du genug Para auf Tasche?“. Mit „auf Tasche“ ist gemeint, ob diese Person genug Geld dabeihat.

Realtalk

Die englische Übersetzung wird Ihnen bei diesem Kunstwort leider nicht viel oder kaum weiterhelfen. Übersetzt bedeutet es so viel wie „echtes Gespräch“. Vielleicht kommen Sie ja schon mit dieser Übersetzung einen kleinen Schritt weiter, welches ich jedoch leider als unwahrscheinlich einschätze.

Ein sogenannter „Realtalk“ passiert meist zwischen sich sehr vertrauten Personen. Dies ist aber kein Muss, sondern einfach nur häufiger anzutreffen. So ein „Realtalk“ funktioniert am besten in einer ruhigen und geschützten Umgebung, wo man ungestört mit den teilnehmenden Personen reden kann. Es handelt sich hierbei um ein sehr privates und intimes Gespräch, indem es häufig um Geheimnisse und andere sehr persönliche Themen geht.

Meiner Meinung nach funktioniert ein „Realtalk“ am besten mit einem sehr guten Freund oder einer Kleingruppe an sehr guten Freunden. Wie oben gesagt, ist eine ruhige Umgebung zu bevorzugen, meiner Meinung nach eignet sich das Auto hierfür hervorragend. Dies sind allerdings nur persönliche Empfehlungen von mir und müssen keinesfalls pauschal eingehalten werden. Führt einen „Realtalk“ so, wie es sich für Euch am besten anfühlt!

Alkohol ist eine Droge, die gewisse Emotionen verstärkt, wie auch die Redegewandtheit. Wer kennt es nicht? Unter leichtem Alkoholeinfluss fällt einem die Kommunikation deutlich leichter. Man redet und redet und hört gar nicht mehr auf. Genau aus diesem Grund harmonisiert der „Realtalk“ natürlich sehr mit ein paar Gläsern Wein oder ein paar Flaschen Bier.

Ich bin mir ziemlich sicher, dass auch Sie schon einmal Teilnehmer eines „Realtalks“ waren, ohne die Bezeichnung gekannt zu haben. Jetzt sind sie wieder ein wenig schlauer und haben ein neues Wort gelernt.

Roli

Den ersten Tipp gebe ich Ihnen direkt zu Anfang. Ja, ich weiß, ich bin ein waschechter Gönnjamin. Sie wissen nicht, was „Gönnjamin“ bedeutet? Na dann scrollen Sie nach oben. Ehm, ich meine natürlich blättern Sie ein paar Seiten zurück!

Dann starten wir mal mit dem ersten Tipp. Eine „Roli“ ist ein absoluter Luxusgegenstand, den man wie der Name Luxus schon sagt, nicht braucht. Ob er einem gefällt oder nicht bleibt jedem selbst überlassen. Ich zum Beispiel – und nein Sie können meiner Meinung leider nicht entkommen, da ich der Autor bin und schreiben kann, was auch immer ich möchte – finde gewisse Modelle dieses Herstellers ganz schön. Jetzt habe ich Ihnen ja auch schon den zweiten Tipp gegeben. Es handelt sich bei dem Namen „Roli“ um eine Abkürzung eines Herstellers und einer Firma.

Viele Rapper benutzen diese Abkürzung in Ihren Songs und wie es oft so üblich in diesem Gewerbe ist, wird mit diesem Gegenstand geflext. Übrigens „flexen“ erkläre ich auch in diesem Buch, falls Sie das Wort noch nicht kennen. Die meisten Rapper protzen meistens zu aller erst mit Ihrem dicken Auto. Meist fahren Sie einen Mercedes oder einen Porsche Panamera. Direkt nach dem Auto folgt dann dieser ominöse Gegenstand, dessen Abkürzung Sie bereits kennen.

Den dritten Tipp, den ich Ihnen geben möchte verrät eigentlich schon fast, worum es sich handelt. Hierbei werde ich auch versuchen nicht so viel um den heißen Brei herumzureden. Es ist ein Schmuckstück! Ja richtig, bei einer „Roli“ handelt es sich um ein Schmuckstück. Ich gehe sogar noch weiter und sage Ihnen, dass man dieses Schmuckstück meist an seinem linken Unterarm trägt. Nein, keine Kette, es handelt sich um eine Uhr! Aber um welche Uhr genau? Hiermit meine ich, welche Marke? Omega, Breitling, Richard Millie, …, Rolex…Rolex? Roli? Ganz genau! Roli bedeutet nichts anderes als „Rolex“.

Zum Abschluss verrate ich Ihnen auch meine Lieblingsrolex. Es ist die Rolex Submariner, jedoch würde ich mir nur eine solch teure Uhr kaufen, wenn mich der Kauf dieser Uhr nicht finanziell belasten würde. Sprich Sie kaufen sich eine Rolex und Sie erkennen nicht mal, dass Geld auf Ihrem Konto fehlt.

Shot

Es könnte sein, dass Sie diesen Begriff durchaus kennen. Ich erkläre Ihn hier, da mein Papa letztens nicht wusste, was ich mit „Shot“ meinte.

Wir sprechen hier nicht von dem „Shot“ aus einer Pistole oder Gewehr. Das deutsche Wort „Schuss“ ist also nicht gemeint. Wie so häufig, geht es wieder einmal um das Thema Alkohol. Mein Gott, ist unsere Jugend versoffen! Ging es früher auch so oft um Alkohol oder Drogen?

Einen „Shot“ kann man in jeder Kneipe und jedem Club bestellen. Es handelt sich hier ganz einfach nur um ein kleines Glas voll mit hochprozentigem Alkohol. Früher hätte man es wohl „Kurzen“ oder „Pinnchen“ genannt. Heutzutage sagen Sie zum Beispiel: „Einen Vodka-Shot bitte!“, wenn Sie an der Bar stehen und einen Drink bestellen.

Nach einem großen Essen mit der Familie werden häufig sogenannte „Absacker“ getrunken. Trumpfen Sie beim nächsten Familientreffen auf und bestellen Sie „Shots“.

Snapchat

Die meisten von Ihnen werden wissen, was Facebook oder Instagram sind. Die Social Media Plattform „Snapchat" kennen jedoch nur die Wenigsten der älteren Generationen. Aber seien Sie nicht traurig! Snapchat ist in den Vereinigten Staaten weitaus populärer als in Deutschland, jedoch hat hier zulande fast jeder Jugendliche diese App auf seinem Smartphone installiert.

Bei der App „Snapchat" geht es darum Fotos oder kleinere Videos zu verschicken, welche sich der Empfänger nur ein einziges Mal ansehen kann. Danach werden diese Fotos oder Videos gelöscht und sind für den Empfänger nicht mehr sichtbar.

Snapchat hat vor Kurzem die Wiederholungsfunktion in die App eingebaut, welche bezweckt, dass man Empfangene Fotos oder Videos zweimal sehen kann. Die Funktion wurde aber höchstwahrscheinlich nur eingeführt, da viele Fotos und Videos verloren gegangen sind, durch eine Fehlbedienung der App, zum Beispiel, wenn man ein Foto oder Video zu schnell weggeklickt hat.

Diese Fotos oder Videos nennt man in dieser App auch „Snaps". Außerdem ist es in der App auch möglich eine „Story" einzustellen. Lesen Sie dazu am besten zuerst die Erklärung zu „Insta Story" und daraufhin erst die Erklärung zur „Snapchat Story". Beides finden Sie weiter vorne in diesem Buch!

Snitch und Snitchmove

Auch bei diesen Bergriffen handelt es sich wieder einmal um eine klassische Englisch-Deutsch-Übersetzung. Also lehnen Sie sich zurück und entspannen Sie sich, denn sollten Sie mich nicht verstehen, kann Ihnen auch der Blick in ein Wörterbuch oder Smartphone helfen.

„Snitch“ bedeutet übersetzt „Verräter“ und genau mit dieser Bedeutung wird das Wort auch unter Jugendlichen verwendet. Aber so hart wie es sich auch übersetzt anhört, ist es in der Realität meist nicht. Häufig wird das Wort unter Freunden verwendet. Ein klassisches Beispiel wäre, dass man seinen Freunden für heute Abend zugesagt hätte, man sich aber im letzten Moment dazu entscheidet, doch etwas mit seiner Freundin oder mit seinem Freund zu unternehmen. Deine Freunde könnten dich nun als „Snitch“ bezeichnen.
Bei diesem Wort handelt es sich also um eine wertende Bezeichnung einer Person.

Um das Wort „Snitchmove“ zu erklären, ziehe ich auch einfach Mal dasselbe Beispiel heran. Hierbei bezeichnet man das sehr kurzfristige Umentscheiden als „Snitchmove“. Auch viele andere Handlungen können in gewissen Situationen „Snitchmoves“ sein, also bitte pauschalisieren Sie dieses Beispiel nicht!

Stabil

Wann benutzen Sie das Wort „Stabil"? Vermutlich wenn Sie etwas gebaut haben, wie zum Beispiel eine neue Gartenhütte. Kommt dann ein Sturm auf und Sie werden gefragt, ob die Hütte dem Sturm standhält, antworten Sie wahrscheinlich: „Ja klar, die habe ich stabil genug gebaut!".

In der Jugendsprache hat das Wörtchen „Stabil" jedoch nichts mit der Standfestigkeit eines Gebäudes zu tun. Es ist eher eine wertende Aussage oder ein wertender Kommentar über ein Ereignis oder einen Menschen.

Von einer stabilen Person sprechen wir zum Beispiel, wenn diese viele Muskeln besitzt. Deshalb wird das Wort häufig in Fitnessstudios benutzt, um andere zu beschreiben. Ein typischer Satz wäre: „Boar, der Typ da hinten sieht aber echt stabil aus!".

„Stabil" kann aber auch in ganz anderen Situationen benutzt werden. Es muss nicht immer etwas mit Muskeln zu tun haben. Ein ganz normales Ereignis oder eine Sache können genauso „Stabil" sein. Man kann es einfach als Synonym für das Wort „gut" oder „nice" verwenden. Stabil eben. Ein weiterer möglicher Satz wäre zum Beispiel: „Ey Bruder, Deine neue Jacke sieht echt stabil aus!".

Wie gesagt, auch bei einem positiven Ereignis kann das Wort „Stabil" zur Beschreibung verwendet werden. Man kann also zum Beispiel sagen, wenn man einem guten Tennisspieler zuguckt: „Die Rückhand von Rafael Nadal ist aber mal mega stabil!".

Teiler

Natürlich machen Sie sich gerade schon einige Gedanken, was es mit diesem Jugendwort auf sich haben könnte. Ich glaube die Bedeutung dieses Wortes, ohne Google zu befragen, herauszufinden ist gar nicht mal so schwierig. Aber ich hoffe Sie kennen wenigstens den Begriff „googlen“, wovon ich aber ausgehe.

Das Wort „Teiler“ kommt, wie Sie es sich wahrscheinlich schon gedacht haben von dem Verb „teilen“. Es bedeutet also, dass man sich etwas teilt, ist ja logisch.

Ich werde Ihnen wieder ein Beispiel geben, um den genauen Einsatz des Wortes kennen zu lernen. Stellen Sie sich vor, ein Freund oder eine Freundin geht zum Bäcker und bestellt sich vier Croissants. Ich persönlich esse sehr, sehr gerne Croissants. Am besten noch mit Nutella, Marmelade oder Honig, einfach herrlich. Wie sieht es bei Ihnen aus? Essen Sie auch gerne Croissants? Aber ich bin ja nicht hier um Ihnen von meinen Essgewohnheiten und Lieblingsgerichten zu erzählen.

Also es geht um die vier Croissants die ein Freund oder eine Freundin gekauft hat. Sie haben aber ebenfalls großen Hunger und möchten, dass Ihr Freund oder Ihre Freundin sich die Croissants mit Ihnen teilt. Daraufhin könnten sie so etwas sagen wie: „Lass mal einen Teiler machen, ich bin auch sehr hungrig.“ Ob Ihr Freund oder Ihre Freundin darauf eingeht ist die andere Sache, aber Sie wissen nun wie man dieses Wort verwenden kann.

Es bedeutet einfach nur sich etwas zu teilen – eben einen „Teiler“ machen.

Mensch, jetzt habe ich aber Lust auf Croissants bekommen. Kaufen Sie uns mal welche, dann machen wir einen Teiler!

TikTok

Nein! Hierbei handelt es sich nicht um eine Uhr die an der Wand hängt und auch nicht um einen Vogel oder ein Pfefferminzbonbon.

„TikTok“ ist mal wieder, wie so häufig, ein Social-Media Dienst zur Belustigung vieler Menschen. Anders als zum Beispiel Facebook oder Youtube kommt „TikTok“ nicht aus dem Silicon Valley, sondern wurde ganz woanders auf dieser Erde entwickelt. Die App kommt aus Asien, genauer genommen aus China. Das Smartphone-Programm wurde erst 2016 ins Leben gerufen und der große Durchbruch geschah im Jahr 2018.

Es handelt sich bei „TikTok“ um eine Videoplattform mit hohem Unterhaltungsfaktor. Sie fragen sich jetzt bestimmt, wie es sich gegenüber Youtube und Co. behaupten konnte. Die Erklärung ist recht einfach. „TikTok“ verfolgt ein komplett anderes Videokonzept als zum Beispiel Youtube. Auf Youtube werden Videos veröffentlicht, die vorher komplett in Eigenregie produziert wurden. Anders ist es auf „TikTok“, die App erstellt sozusagen mit einem zusammen das Video.

Die Hauptidee dieses Programms ist, ein Musikstück abzuspielen, wozu der Nutzer dann singen oder tanzen kann. Natürlich können auch andere unterhaltsame Dinge während dieses Musikstücks gemacht werden. Am Ende entsteht ein fertiges Video, auf dem ein Musikstück im Hintergrund läuft und der Nutzer etwas dazu mit der Kamera aufgenommen hat.

Zudem ist es möglich sich auf der App die Werke der anderen Nutzer anzugucken und sich unterhalten zu lassen. Man wird also nicht dazu gezwungen eigene Videos zu erstellen. Denn so ist es ja auf Youtube auch, man kann sich Videos angucken, ohne selbst ein Video erstellt zu haben.

Tinder

Bei diesem Wort kann man leider nicht die Übersetzung vom Englischen ins Deutsche anwenden, da es sich hierbei um ein erfundenes Kunstwort handelt.

„Tinder" kann ein Hilfsmittel sein, um eine neue Liebe oder einen neuen Partner zu finden. Auch One-Night-Stands sind nicht ausgeschlossen. Wenn man auf der Suche nach neuen Bekanntschaften ist, eignet es sich ebenfalls ganz gut.

Jetzt habe Ich Ihnen schon sehr viele Anhaltspunkte gegeben, um zu wissen, wofür es nützlich sein kann. Zusammengefasst ist „Tinder" nichts anderes als eine Dating-App, um neue Bekanntschaften zu machen.

Bei dieser Anwendung für Ihr Smartphone können Sie wie bei jeder anderen Social-Media-App auch, ein Profil von sich erstellen. Sie können dort Fotos von sich hochladen, ihr Lieblingslied auswählen und einen Begrüßungstext verfassen, den die anderen Personen lesen können. Außerdem müssen Sie Ihr Alter angeben.

Nun kann es aber auch schon losgehen. Sie wählen einen Umkreis aus, indem nach Personen gesucht werden soll (z.B. 10 Kilometer) und an welchem Geschlecht Sie interessiert sind. Daraufhin werden Ihnen Leute, die Ihren Suchkriterien entsprechen, angezeigt. Es erscheint ein Bild der jeweiligen Person und Sie können nun entscheiden, ob Ihnen diese Person gefällt.

Sollten Sie nun dieses Bild nach rechts wischen vergeben Sie ein „Like", wenn Sie aber das Bild nach links wischen vergeben Sie ein „Nope“. „Like“ bedeutet natürlich so viel wie „gefällt mir“ und ein „Nope“ so viel wie „gefällt mir nicht“.

Aber wie geht es jetzt weiter, wenn Sie mehreren Personen ein „Like“ oder ein „Nope“ gegeben haben? Die anderen Personen bekommen Sie, ja genau Sie, auch angezeigt, wenn diese die Dating-App benutzen. Sollte eine andere Frau oder ein anderer Mann Ihnen auch einen „Like“ verpassen, entsteht ein sogenanntes „Match“ (die Voraussetzung dafür ist natürlich, dass Sie dieser Person auch ein „Like“ gegeben haben). Haben Sie ein „Match“ mit einer anderen Person, können Sie diese nun direkt anschreiben.

Da die Konkurrenz auf Tinder jedoch relativ hoch ist, empfiehlt es sich mit der anderen Person durch einen lustigen Spruch in Kontakt zu treten. Seien Sie hier kreativ und leben sie sich aus! Aber vielleicht werden ja auch Sie durch einen lustigen und kreativen Spruch überrascht.

Ach, übrigens, wenn man die App „Tinder“ benutzt, nennt man dies „tindern“. Zum Beispiel sagt man dann folgendes: „Ich tinder jetzt auch!“.

Wer weiß, vielleicht wartet dort die nächste große Liebe auf Sie?!

Triggern

Wie ich es schon häufig in diesem Buch getan habe, schauen wir uns erst einmal die Übersetzung aus dem Englischen ins Deutsche an. Das Problem mit der Übersetzung von Jugendwörtern aus dem Englischen ins Deutsche ist oft, dass diese leider nicht dazu beiträgt die Bedeutung des Wortes herauszufinden. In den meisten Fällen ist es zudem nötig, stark um die Ecke zu denken. Genauso ist bei dem Wort „triggern". Direkt übersetzt, heißt es so viel wie „auslösen". Aber was löst es aus? Diese Frage müssen wir beantworten, um die genaue Definition kennen zu lernen. Es ist genauso möglich von jemandem „getriggert" zu werden, wie selbst eine andere Person zu „triggern".

Ich gebe Ihnen am besten mal ein paar Beispiele. Zuallererst müssen Sie sich vorstellen, Sie befinden sich mit einer anderen Person in einer Diskussion und diese Person erzählt auf einmal einen Fakt, der nicht der Wahrheit entspricht. Der Moment, indem Sie realisieren, dass Ihr Gesprächspartner gelogen hat, möchten Sie ihn unterbrechen und die von ihm getätigte Aussage richtigstellen. Sie fühlen sich also dadurch „getriggert", dass die andere Person eine Lüge erzählt. Ein anderes, etwas extremeres Beispiel wäre, dass Sie sich in einer Schlägerei befinden. In Folge dessen, wie es in einer solchen Auseinandersetzung passieren kann, kassieren Sie eine schmerzhafte Backpfeife. Ihr Gegner hat sie durch den Schlag ins Gesicht „getriggert" und sie schlagen schlussendlich zurück.

Wenn man sich also „getriggert" fühlt, reagiert man auf die Situation durch eine angebrachte Reaktionshandlung. Sie wären zum Beispiel nicht „getriggert", wenn Sie jemand beleidigt und Sie mit Ruhe und Besonnenheit darauf reagieren würden. Sie hätten sich also nicht „triggern“ lassen. Eine passende Übersetzung der Jugendwortes könnte hier das Verb „reizen“ sein.

Zum Abschluss dieser Erklärung sage ich ganz ausdrücklich: Gewalt ist keine Lösung! Lassen Sie sich nicht so schnell triggern!

U-Boot

Ich denke mal, dieses Wort müsste Ihnen bekannt vorkommen. Sie denken wahrscheinlich gerade an ein U-Boot, welches durch die Ozeane taucht und andere Boote mit Torpedos beschießt. Jedoch wird mit diesem Wort kein echtes U-Boot gemeint.

Am häufigsten wird der Begriff in der Partyszene benutzt, um ein spezielles Getränk zu beschreiben, welches nicht dafür bekannt ist gut zu schmecken. Der Sinn dieses Drinks ist es, Sie relativ schnell betrunken zu machen.

Da es nicht wirklich gut schmeckt, wird das Trinken eher als Mutprobe angesehen. Das Getränk, welches gemeint ist, besteht aus zwei Komponenten. Die erste Komponente lautet Bier. Meistens wird hierfür ein einfaches Glas Bier genommen, öfters kommt aber auch Bier in einem Becher zum Einsatz. Das Bier ist meistens ein Pilsener, jedoch funktioniert ein Weißbier genauso gut. Die Sorte ist ziemlich egal, da dieses Getränk ja sowieso nicht schmeckt. Kommen wir nun zur zweiten Komponente, welche sich aus einem Pinnchen gefüllt mit Kräuterschnaps zusammensetzt. Meistens wird hier Jägermeister verwendet.

Dieses gefüllte Pinnchen wird nun einfach in das Bier fallen gelassen. Daher auch der Name des Getränks, da das Pinnchen mit Kräuterschnaps das U-Boot darstellt, welches im Bier abtaucht.

Das Getränk wird häufig direkt, aufgrund des ekeligen Geschmacks, in einem Zug ausgetrunken. Außerdem ist es nicht dafür gedacht langsam getrunken zu werden, sondern ist es eher ein Mittel zum Zweck, um möglichst schnell betrunken zu werden.

V-Mann

Dieser Begriff könnte Ihnen bekannt vorkommen, denn er wird häufig bei der Polizei verwendet. Dort handelt es sich um einen anderen Namen für einen Informanten oder Spitzel, welcher anonym für die Regierung arbeitet. Man könnte auch Undercover-Agent sagen.

Ein V-Mann ist also jemand, welcher sich für etwas ausgibt was er nicht ist, nur um kriminelle Machenschaften zu beenden. Aus der Sicht der Verbrecher ist solch eine Person natürlich ein Verräter, und genau so wird der Begriff auch in der Jugendsprache von heute verwendet.

Sollten Sie das Kapitel „Einunddreißiger (31er)“ schon gelesen haben, so kennen Sie sich ja nun bestens aus, denn die Bedeutung der beiden Wörter ist identisch.

„V-Mann“ ist also einfach nur ein anderes Wort für den Begriff „Verräter“.

Vodka-E

Dass es sich hier um ein alkoholisches Getränk handelt ist ja wohl klar. Jeder Erwachsene sollte eigentlich den traditionellen russischen Schnaps kennen und höchstwahrscheinlich auch schon verzehrt haben. Vodka-E hingegen ist ein neumodisches Getränk, welches unter jungen Leuten sehr beliebt ist. Hierbei wird der Vodka mit einem Energy-Drink, wie zum Beispiel RedBull oder Monster Energy, gemischt und getrunken.

Dadurch, dass Energy-Drinks viel Koffein und Zucker enthalten, ist es das perfekte Getränk um eine ganze Nacht durchfeiern zu können. Man hat die berauschende Wirkung des Alkohols, bleibt aber durch das Koffein und den Zucker die ganze Nacht aktiv und fit. Es wird ebenso gesagt, dass Vodka-E ähnlich wie Kokain wirken soll, natürlich in abgeschwächter Form.

Allerdings darf man die Risiken vom Vodka-E Konsum nicht unterschätzen. Das Getränk ist weitaus gefährlicher, als der normale Konsum von Alkohol. Durch die Mischung von Alkohol und Koffein kann es zu unerwünschten Nebenwirkungen kommen. Körperliche Gefahren sind zum Beispiel Herzrhythmusstörungen und Bluthochdruck. Mindestens genauso gefährlich ist das mangelnde Selbsteinschätzungsvermögen. Hierbei meine ich, dass der Energy-Drink die Wirkung des Alkohols etwas mindert. Häufig wird gedacht man wäre nüchterner als man wirklich ist. Es kann sein, dass man sich sogar noch in der Lage fühlt Auto zu fahren, obwohl man in Wirklichkeit vielleicht schon weitaus über ein Promille vorzuweisen hat.

Ich empfehle deshalb nicht mehr als zwei Gläser Vodka-Energy zu konsumieren. Am besten ist es meiner Meinung nach, wenn man mit einem Vodka-E in den Abend startet, um wach zu werden und um in Partylaune zu kommen. Sollte nach ein paar Stunden etwas Müdigkeit aufkommen, können Sie den zweiten Drink hinterher schieben. Aber ich würde auf garkeinen Fall den ganzen Abend Vodka-E trinken, es sei denn Sie wünschen sich Herzrasen und Schlaflosigkeit nach der Party.

Trinken Sie am besten so wenig Vodka-E wie möglich, Ihre Gesundheit wird es Ihnen danken. Ich persönlich trinke dieses Getränk nur, wenn es sich wirklich lohnt. Also wenn eine richtig große Party ansteht und man sehr motiviert ist.

Meine Empfehlung ist weniger Vodka-Energy, dafür mehr Vodka-Fanta! Denn die Fanta überdeckt den Alkoholgeschmack des Vodkas fast genauso gut wie ein Energy-Drink.

Trinken Sie in Maßen und genießen Sie den Abend, ohne komplett betrunken zu sein und bekommen Sie so mehr von der Party mit!

Wallah

Ich sage es Ihnen lieber direkt am Anfang dieses Abschnitts. Das Wort ohne Erklärung zu verstehen oder erahnen zu können, ist meiner Meinung nach äußerst schwierig. Vor allem für Menschen, die mit der heutigen Jugendsprache nicht vertraut sind. Vielleicht können Sie wenigstens am Klang dieses Wortes erahnen, in welcher Sprache es seinen Ursprung hat? Es handelt sich hierbei nämlich um einen Begriff, welcher sich in unsere Jugendsprache eingedeutscht hat.

Richtig! Das Wort kommt ganz klar aus dem Arabischen und es bedeutet so viel wie „ich schwöre“, aber auch so etwas wie „echt?“. Sollten Sie öfters in der Stadt spazieren gehen und ab und zu mal lauschen, wie und was die Jugendlichen reden, werden Sie dieses Wort mit einer sehr hohen Wahrscheinlichkeit zu hören bekommen.
Ein weit verbreiteter, wie auch kurzer Satz in diesem Kontext ist folgender: „Sag Wallah!“. Er bedeutet: „Schwörst du?“, „Sag ehrlich?“ oder „Ohne Scheiß?“.

Aber bitte benutzen Sie dieses Wort nur unter Jugendlichen! In einer Polizeikontrolle kommt es beispielsweise nicht so gut an. Stellen Sie sich vor, Sie fahren über eine rote Ampel und sagen zu dem Polizeibeamten: „Wallah, die war noch Gelb!“. Ich denke mal, Sie verstehen was ich meine. Also, immer sauber bleiben!

Wannabe

Wie bei so vielen anderen Wörtern aus diesem Buch, handelt es sich hierbei mal wieder um ein englisches Wort. Es setzt sich aus zwei einzelnen Wörtern zusammen. Das erste ist das Wort „Wanna". Schreibt man dies in die längere englische Version um, so erhält man „want to". Wenn Sie etwas Englisch beherrschen, dann machen Sie das doch noch einmal für das zweite Wort. Na haben Sie es hinbekommen? Wusst' ichs doch, auf Sie ist verlass! Wie Sie schon richtig festgestellt haben bedeutet das zweite Wort „be" in die deutsche Sprache übersetzt „sein". Eigentlich gar nicht so schwierig oder?

Dann wird es jetzt ja auch kein Problem für Sie sein, die beiden Wörter zusammen zu setzen, um die Bedeutung heraus zu finden. Schauen wir uns doch zunächst einmal das erste Wort „want to" an. Übersetzt ins Deutsche bedeutet es „zu wollen".

Das erste Wort allein hilft uns bei der Bedeutungsfindung leider noch nicht wirklich weiter, man muss schon die Übersetzung des zweiten Wortes kennen. So wie ich Sie kenne, ist Ihnen sogar die deutsche Übersetzung des Wortes „be" bekannt. Richtig! Es heißt nichts anderes als „sein". Zusammengesetzt ergibt das dann folgendes: „zu wollen sein". Natürlich ergibt das Ganze so noch keinen Sinn. Baut man den Halbsatz dann noch etwas um, wird es schon deutlicher: „sein zu wollen".

Ein „Wannabe" ist also eine Person, die sich nach außen als etwas ausgibt, was sie in echt aber gar nicht ist. Auch hier möchte ich Ihnen noch ein Beispiel geben, damit es wirklich verständlich ist.

Stellen Sie sich vor, Sie haben heute ein Klassentreffen mit Leuten, die Sie bestimmt 30 Jahre nicht gesehen haben. Um sich als Millionär auszugeben, mietet sich Ihr Ex-Klassenkamerad einen Ferrari und kauft sich von all seinem Ersparten eine teure Uhr, nur damit alle denken er hätte es geschafft und sei stinkreich. Würde man nun tatsächlich einen etwas tieferen Blick in sein Leben werfen, so müsste man feststellen, dass diese Person in Echt kaum Geld auf dem Konto hat. Ein klassischer Fall eines „Wannabes".

Zum Schluss gibt es noch einen kleinen Ratschlag von mir: Lassen Sie sich nicht von solchen Personen blenden! Fragen Sie sich immer, was hinter einem Menschen steht.

Mein Opa sagte dazu immer nur: „Außen hui, innen pfui!".

Wegflexen

Und? Haben Sie sich schon ein paar Gedanken gemacht? Wenn Sie nicht verstehen sollten was ich meine, lesen Sie doch noch einmal die Erklärung zum Wort „Flexen“. Keine Lust zurückzublättern? Nicht schlimm, hätte ich auch nicht… Spaß beiseite! Als ob ich Ihnen die Bedeutung vorenthalte, so einer bin ich nicht.

Das Wort „wegflexen“ ist schon mal näher an seiner Bedeutung als das Wort „flex“. Noch einmal als Wiederholung, das Wort „flex“ bedeutet nämlich nicht flexibel oder biegsam, sondern so viel wie „Angeberei“, „Prollerei“ oder „Poserei“. Ganz anders ist es jedoch bei dem Wort „wegflexen“, die wörtliche Bedeutung wie „flexibel“ oder „biegsam“ passt hier schon eher.

Wissen Sie nun was gemeint ist? Nein, es geht nicht um ein Gerät mit welchem man Metall zerschneiden kann. Es geht um Sex! Richtig gehört! Meistens wird dieses Wort von Männern benutzt. Ein typischer Satz könnte sein: „Ich habe gerade meine Freundin weggeflext.“. Gemeint ist: „Ich hatte gerade mit meiner Freundin Sex.“. Das Wort „nageln“ oder „hämmern“ wird heute zwar auch noch benutzt, aber „wegflexen“ ist unter jungen Leuten mittlerweile deutlich beliebter.

Aber halt! Ein guter Freund von mir hat mich beim Probelesen dieses Buches darauf aufmerksam gemacht, dass man mit „wegflexen“ noch etwas anderes meinen kann.

Hier ziehe ich ein Beispiel aus dem Fußball heran. Wenn Sie beim Fußball jemanden „wegflexen“, dann ist damit gemeint, dass Sie jemanden umgehauen oder um gegrätscht haben. Also handelt es sich hier um eine Art Gewaltakt, der ausgeführt wurde.

Wild

Klar, jedem, dem die deutsche Sprache auch nur ein wenig geläufig ist, kennt dieses Wort. Aber selbst im Englischen hat es dieselbe Bedeutung und wird auch sogar genau gleich geschrieben.

Klären wir nun zuerst einmal, was Sie höchstwahrscheinlich unter diesem Begriff verstehen und danach verrate ich Ihnen, welche Bedeutung sich in der Jugendsprache hinter diesem Wort verbirgt. Denn eins muss Ihnen ja, wie bei so vielen Fällen in diesem Buch, klar geworden sein: Die Bedeutung und die Verwendung von diesem Adjektiv ist in der Jugendsprache mal wieder eine komplett andere, als im herkömmlichen Sprachgebrauch.

An was denken Sie bei dem hier zu klärenden Begriff? Vielleicht an Tiere, welche in der freien Natur leben wie etwa im Wald oder in der Savanne? Also ich persönlich würde direkt an einen Dschungel denken, das wäre das erste was ich mit dem Wort "wild" assoziiere.

Manch einer bekommt bei diesem Begriff vermutlich auch ein starkes Magenknurren, da an manchen Tagen im Jahr eventuell ein großes Stück Wild auf den Tisch kommt. Am besten mit Rotkohl und Kartoffelklößen.

Sollte ich bei Ihnen ein Hungergefühl ausgelöst haben, bedaure ich dies zutiefst. Genau aus diesem Grund werden wir uns nun der Bedeutung des Wortes in der Jugendsprache widmen. Also greifen Sie sich ihr Käsebrot und sagen Sie dem Hunger adieu!

Ich hoffe Ihnen hat die Käseknifte geschmeckt, sodass wir mit der Bedeutung in der Jugendsprache fortfahren können. Auch in der Sprache der jüngeren Generation wird der Begriff als Adjektiv verwendet und beschreibt eine Sache oder ein Ereignis. Nur ist er ein Ausdruck von besonderer und außergewöhnlicher Positivität. Man sagt auch den Satz: „Zu wild!“, wenn man etwas sehr gut findet.

An dieser Stelle kommen wir um ein Beispiel nicht herum. Nehmen wir einmal an, Sie und Ihr bester Freund seien Studenten. Wochen zuvor hatte dieser eine Klausur geschrieben und erzählte Ihnen, dass es nicht so gut gelaufen sei. Heute kamen jedoch die Ergebnisse dieser Klausur und mit vollem Stolz teilte er Ihnen mit, dass er eine unerwartet gute Note geschrieben hat. Sie möchten mit einem Satz klarstellen, dass dies sehr gut sei und daraufhin sagen Sie: „Zu wild digga!“.

Ich hoffe anhand dieses Beispiels ist klar geworden, wann man dieses Wort gut verwenden kann. Es muss nur klar sein, dass dem Gegenüber die Bedeutung des Wortes in dieser Situation geläufig ist. Sie hingegen können mit diesem Begriff nun auf jeden Fall nicht mehr aus der Reserve gelockt werden! Weiter so!

Zerstört

Boooom! Ein riesiger Feuerball erscheint und die Stadt liegt in Schutt und Asche. Die Abrissbirne prügelt auf ein Haus ein und es fällt daraufhin in sich zusammen.

Jetzt aber mal langsam! Zum Glück hat dieser Begriff nichts mit Krieg oder irgendwelchen Bauarbeiten zu tun. Wir können froh sein, dass wir den Frieden genießen dürfen und das auch noch in einer Demokratie! Besser geht es nicht. Anstatt sich immer zu beschweren, sollten wir auch mal das wertschätzen, was uns hier in Deutschland und Europa geboten wird. Wir sind eines der reichsten Länder dieser Erde, also lasst uns dankbar dafür sein in diesem Land leben zu können.

Jetzt ist aber mal Schluss mit dem Moralapostel! Wenn das „Zerstört" nichts mit irgendwelchen Sachschäden zu tun hat, was bedeutet es denn dann?

Also ursprünglich kommt der Begriff aus der Deutschen Battlerap-Szene und hat so seinen Weg in die Jugendsprache gefunden. Bei einem Rapbattle duellieren sich zwei Rapper, indem Sie Verse reimen und sich auf diesem Wege beleidigen und fertigmachen. Keine Sorge, das ist der Sinn eines solchen Contest, man tritt dort an, um den anderen im Reimen und Beleidigen zu schlagen. Genauso ist es in der Jugendsprache gemeint. Sollten sich zwei Menschen in irgendetwas duellieren, woraufhin es einen Sieger und einen Verlierer gibt, so hat der Gewinner den Verlierer „zerstört" (er hat ihn besiegt). Ein anderes Wort, welches dieselbe Bedeutung hat und ebenfalls vielfach in der Jugendsprache verwendet wird, lautet „auseinandergenommen".

Auch hier möchte ich Ihnen noch ein Beispiel mit an die Hand geben, um die Bedeutung noch etwas zu verdeutlichen. Nehmen wir an, zwei Jungs spielen gegeneinander ein Tennis-Match. Der eine Junge trägt den Namen Thomas und der andere heißt Jannik. Die beiden spielen und spielen, doch am Ende ist das Ergebnis klar. Jannik schlägt Thomas sehr deutlich – somit hat er ihn „zerstört" oder auch „auseinandergenommen". Die beiden Wörter beschreiben einen Sieg, der sehr deutlich für eine Partei ausgegangen ist. Man könnte hier auch von einem Kantersieg sprechen.

3. Epilog: Alles was mir sonst noch am Herzen liegt

Ich weiß, es ist schade, aber jedes Buch hat nun mal ein Ende. Wie sagt man so schön? Man soll aufhören, wenn es am schönsten ist. Ich hoffe Sie hatten genauso viel Spaß beim Lesen dieses Buches, wie ich beim Verfassen. Aber bevor wir an dieser Stelle dieses Buch gemeinsam abschließen, möchte ich Ihnen noch ein paar Sachen mit auf den Weg geben, die mir persönlich am Herzen liegen.

Zuallererst denken Sie doch bitte einmal darüber nach, welches Jugendwort Ihnen am besten gefallen hat. Haben Sie einen Favoriten? Da es natürlich für mich schwierig ist auf Ihre Antwort zu reagieren, möchte ich Ihnen mein persönliches Lieblingswort aus diesem Buch mitteilen. Dieses Jahr ist es auf jeden Fall das Wort „Wild" für mich. Warum? Nun ja, darauf habe ich eine ganz einfache, klare Antwort. Bei mir ist dieses Wort in meinen alltäglichen Sprachgebrauch übergegangen, wie kein anderes. Ich bemerke selbst gar nicht mehr wirklich, dass ich es gerade benutzt habe. Es ist mir in Fleisch und Blut übergegangen. Haben Sie auch so ein Wort, welches sie sehr gerne und häufig verwenden?

Jugendwörter zu benutzen kann Spaß machen, jedoch ist es in einigen Situationen ziemlich unpassend diese Art von Sprache zu verwenden. Zum Beispiel in einem Bewerbungsgespräch. Es kommt äußerst unseriös rüber, wenn Sie mit Ihrem Gegenüber in einem Gespräch für einen Job in Ihrem Jugend-Slang reden. Sie könnten noch so gute Noten und Qualifikationen besitzen, kein Unternehmen möchte einen Mitarbeiter einstellen, welcher sich nach außen hin unprofessionell präsentiert.

Genauso sollte man meiner Meinung nach den Umgang mit fremden Personen gestalten. Selbst wenn diese sich in einem ähnlichen Alter befinden. Denn es könnte passieren, dass einige Jugendwörter in gewissen Teilen des Landes oder von anderen gesellschaftlichen Gruppen, nicht sonderlich viel benutzt werden. Möglicherweise würde dies zu Kommunikationsproblemen führen. Mein Tipp: Bei fremden Leuten ist weniger mehr! Verzichten Sie in der Kennenlernphase bewusst auf die meisten Jugendwörter, die Sie kennen. Benutzen Sie nur solche, die Ihr Gegenüber mit Sicherheit versteht und welche sie oder ihn nicht überfordern.

Meine persönlichen Regeln für ein gelungenes Gespräch

Genauso wichtig wie die dosierte Anwendung von Jugendwörtern sind die grundsätzlichen Regeln für eine erfolgreiche Konversation. In unserer hektischen und stressigen Welt kommen korrekt geführte Gespräche oft viel zu kurz. Deshalb habe ich Ihnen mal meine persönlichen Regeln für eine gelungene Konversation aufgestellt:

1. Dies ist wirklich die wichtigste aller Konversationsregeln: Lassen Sie Ihren Gegenüber ausreden! So einfach es klingt, ist es oft nicht. Sollte Ihre Gesprächspartnerin oder Ihr Gesprächspartner eine andere Meinung als Sie vertreten, so fällt es einem oft schwer den Anderen ausreden zu lassen. Auch ich habe häufig Probleme damit, aber bitte machen Sie es besser als ich!

2. Die zweite Regel, welche mir am Herzen liegt, ist das Zuhören. Viele hören einfach nicht zu, was der oder die

Andere gerade erzählt. Dies ist ziemlich traurig, insbesondere dann, wenn es dem Gegenüber wichtig ist, was er berichtet.

3. Stellen Sie ruhig Fragen! Dieser Punkt korreliert stark mit dem Vorhergegangenen. Wenn Sie dem anderen aktiv zuhören entstehen oft Zwischenfragen. Genau das ist in einer guten Konversation wichtig! Stellen Sie Rückfragen! Dies zeigt Ihr Interesse an der anderen Person.

4. Blickkontakt! Niemand mag es, mit Jemandem zu reden, dessen Blick häufig ins Leere wandert. Natürlich sollten Sie Ihren Gesprächspartner oder Ihre Gesprächspartnerin nicht anstarren, aber gut dosierter Blickkontakt zeigt Aufmerksamkeit und Interesse.

5. Versuchen Sie sich in die Lage des Anderen hineinzuversetzen und seien Sie einfühlsam! Damit meine ich, dass Sie auch Ihren Sprachstil dem jeweiligen Gesprächsthema anpassen sollten. Beispielsweise sollten Sie bei Business Meetings höflich, sachlich, klar und verständlich sprechen. Mit Freunden sprechen Sie ja auch anders als mit Ihrem Chef.

6. Zu guter Letzt: Achten Sie auf eine ausreichende Mundhygiene und spucken Sie nicht beim Sprechen. Glauben Sie mir, es gibt nichts unangenehmeres.

Ich würde mich freuen, wenn diese Regeln häufiger verwendet würden. Vielleicht können Sie mir ja dabei helfen, diese weiter zu verbreiten und anzuwenden.

Jungendwort des Jahres

Jedes Jahr wird in Deutschland das „Jugendwort des Jahres“ gekürt. Kennen Sie eigentlich die Jugendwörter der letzten zehn Jahre, welche es auf Thron geschafft haben? Nein? Dann habe ich hier eine kurze Aufstellung für Sie:

2010: „Niveaulimbo“, dieses Wort bezeichnet ein durchgehendes Absinken des Niveaus. Der Ursprung liegt im Limbo-Tanz, bei welchem eine Stange immer weiter abgesenkt wird. Diesen Tanz kennen Sie bestimmt.

2011: „Swag“, besitzt jemand der eine coole Ausstrahlung hat. Songempfehlung: „Dreh den Swag auf“ von Moneyboy.

2012: „Yolo“, ist eine Abkürzung für: „You only live once!“. Die Bedeutung dieses Satzes besagt, dass man alle Chancen und Erlebnisse in seinem Leben mitnehmen sollte. Benutzen Sie diesen Begriff bitte nicht mehr, er ist ganz schön cringe geworden.

2013: „Babo“, ist einfach nur ein anderer Ausdruck für „Boss“ oder „Anführer“.

2014: „Läuft bei Dir!“, bedeutet so viel wie „Bei Dir ist alles super!“ oder „Wow, hast du gut gemacht!“.

2015: „Smombie“, hierbei handelt es sich um eine Person welche andauernd nur auf sein Smartphone starrt.

2016: „Fly sein“, eine Person die sehr aktiv ist und oft abgeht.

2017: „I bims“, heißt übersetzt nichts anderes als „Ich bin´s“. Fragen Sie lieber nicht nach dem Sinn.

2018: „Ehrenmann/Ehrenfrau", ich glaube Sie schauen mal in diesem Buch nach dem Begriff.

2019: In diesem Jahr wurde kein „Jugendwort des Jahres" bestimmt.

2020: „Lost" – selbstverständlich finden Sie dieses Wort in diesem Buch. Wenn Sie den Abschnitt gelesen haben, dann kennen Sie die Bedeutung ja schon.

Aber wieso habe ich nicht alle Begriffe der letzten zehn Jahre in diesem Buch behandelt? Das hat eine ganz einfache Ursache. Viele Begriffe, die vor ein paar Jahren noch aktuell waren, werden im Jahr 2020 überhaupt nicht mehr von Jugendlichen benutzt. Die Jugendsprache ist sehr flexibel und verändert sich jedes Jahr immer ein Wenig. Ist diese Vielseitigkeit nicht wunderbar?

Außerdem sind auch viele Wörter, die einmal „Jugendwort des Jahres" geworden sind, überhaupt nicht relevant für den Sprachgebrauch von vielen Jugendlichen. Das Wort „Smombie" habe ich zum Beispiel, bevor ich für dieses Buch recherchiert habe, noch nie gehört. Im Jahr 2015 war ich übrigens 17 Jahre alt und mir ist zu diesem Zeitpunkt kein Jugendwort unbekannt geblieben. Ich hätte es also kennen müssen, dies tue ich aber nicht. Deshalb zweifle ich – und ich glaube ich spreche hier für viele Jugendliche – die sinnhafte Vergabe des Titels für „das Jugendwort des Jahres" an.

Hinter diesem Prozess steckt der Langenscheidt-Verlag. Hierzu werden Menschen über Online-Abstimmungen befragt, ganz egal wie alt die teilnehmenden Personen sind. Dadurch wird das Ergebnis verfälscht und so kommt es zu gewählten Jugendwörtern, die viele Jugendliche überhaupt nicht benutzen. Böse Zungen behaupten, es sei nur eine jährliche Marketingkampagne, um den Buchverkauf anzuregen. Dies ist natürlich nicht belegt.

Meine Top 5 Jugendwörter

Selbstverständlich lasse ich Sie nicht gehen, ohne Ihnen meine Top fünf Jugendwörter mitzuteilen. Es handelt sich hier um Begriffe, die ich häufig in Unterhaltungen mit meinen Freunden verwende. Müsste ich von heute auf morgen auf eines dieser Vokabeln verzichten, so würde mir dies sicherlich nicht leichtfallen.

Platz 1: Wild (benutze ich anstatt dem Wort „gut“ oder „sehr gut“)

Platz 2: Ehre (Danke gibt es bei mir nicht mehr! Es heißt Ehre!)

Platz 3: Digga (typische Anrede für einen Freund)

Platz 4: Cringe (einfach nur peinlich)

Platz 5: Lost (Wenn einer meiner Freunde etwas Offensichtliches nicht versteht, dann ist er lost)

Stellen Sie sich doch auch eine persönliche Top 5 zusammen und lernen diese auswendig. So könnten Sie die Jugendsprache ein bisschen besser verinnerlichen.

Ein kleiner Tipp für die ältere Generation

Nachdem ich Ihnen die Jugendwörter der letzten Jahre vorstellen durfte, möchte ich den älteren Generationen noch einen gut gemeinten Rat mitgeben. Sollten Sie zu einer jüngeren Generation gehören, so können Sie das Buch zumachen und durchatmen, denn Sie haben es durchgelesen. Selbstverständlich lade ich aber auch Sie ein, rein interessehalber noch die letzten Zeilen zu lesen.

Die nächsten Worte richte ich eher an die Ü40-Generationen, denn es geht um den korrekten Sprachgebrauch gegenüber jüngeren Leuten.

Versuchen Sie bitte nicht krampfhaft jung zu wirken, wenn Sie mit Jugendlichen sprechen. Verstellen Sie sich nicht! Reden Sie so, wie es für Ihre Altersklasse angemessen und normal ist. Vielleicht sind Sie ja Mutter oder Vater, gerade dann ist dies meiner Meinung nach wichtig. Sollte Ihr Kind einmal Besuch von Freunden bekommen, so verstellen Sie bitte nicht Ihre Sprache um „cool" und „hipp" zu wirken. Häufig gibt es nichts peinlicheres für Ihr Kind als Eltern, die krampfhaft versuchen in der Jugendsprache zu sprechen.

Benutzen Sie die Jugendsprache lieber um Witze zu machen, also in angemessenen Situationen, wenn niemand damit rechnet. Genau in solchen Situationen haben Sie dann das Überraschungsmoment genutzt, um einen lustigen Spruch im Jugend-Slang auszusprechen. Glauben Sie mir, mit dieser Methode kommen Sie deutlich besser bei jungen Menschen an.

Vielen Dank!

Jetzt haben Sie es aber endlich geschafft! Ich wünsche Ihnen alles Gute und ich hoffe ich konnte Ihren Wortschatz mit diesem Buch etwas erweitern. Außerdem würde ich mich über eine positive Bewertung auf Amazon sehr freuen, wenn Ihnen dieses Buch gefallen hat.

Ich denke mal, dass Sie die Jugend jetzt etwas besser verstehen.

Zudem möchte ich meiner Familie und meinen Freunden danken. Sie haben mich in meinem Vorhaben, ein Buch über Jugendsprache zu verfassen, immer unterstützt, motiviert und mir Ratschläge gegeben. Außerdem vielen Dank an einen bestimmten Freund fürs Probelesen und Korrigieren! Du solltest dich jetzt angesprochen fühlen.

In diesem Sinne, danke und auf Wiedersehen!

PS: Kennen Sie den Begriff „Schwachschorler“? Es bezeichnet eine Person, die schwach am Glas ist.

Über den Autor

Hallo! Ich heiße Julius König, bin 22 Jahre alt und studiere Wirtschaftswissenschaften an der Technischen Universität Dortmund.

Nebenbei arbeite ich in einem etwas größerem Maschinenbauunternehmen. Dort bin ich als Werkstudent angestellt und helfe in der Finanzabteilung aus. Dies passt sehr gut, da ich nach meinem Master vorhabe, im Bereich der Wirtschaftsprüfung zu arbeiten.

In meiner Freizeit spiele ich sehr gerne Tennis und gehe öfters ins Fitnessstudio. Viel Sport zu treiben war schon immer mein Ding. Tennis spiele ich nun schon seit über einem Jahr und ich versuche mich ständig zu verbessern. Um Spielerfahrung zu sammeln, haben meine Freunde und ich zusammen eine Mannschaft gegründet. Wir hatten nach langem Training das Bedürfnis uns mit anderen Spielern zu messen und siehe da, wir sind in der ersten Saison nicht Letzter geworden!

Printed in Poland
by Amazon Fulfillment
Poland Sp. z o.o., Wrocław

18783580R00072